奚复兴 著

敝帚集

中国出版集团
东方出版中心

图书在版编目（CIP）数据

敝帚集 / 奚复兴著. 一 上海：东方出版中心，
2024.4
　　ISBN 978-7-5473-2373-1

　　Ⅰ. ①敝… Ⅱ. ①奚… Ⅲ. ①中国文学 - 当代文学 -
作品综合集 Ⅳ. ①I217.2

中国国家版本馆CIP数据核字(2024)第072346号

敝帚集

著　　　者	奚复兴	
策划编辑	李　旭	
责任编辑	李　旭	
封扉设计	冯　磊	

出 版 人　陈义望
出版发行　东方出版中心
地　　址　上海市仙霞路345号
邮政编码　200336
电　　话　021-62417400
印 刷 者　涿州市荣升新创印刷有限公司

开　　本　890mm×1240mm　1/32
印　　张　11
字　　数　146千字
版　　次　2024年6月第1版
印　　次　2024年6月第1次印刷
定　　价　78.00元

敝帚集

叶鹏飞，中国书法家协会学术委员，国家一级美术师，常州刘海粟美术馆原馆长。

贺奕复兴先生

《敝帚集》出版

陈弼

二〇二一年初冬

陈弼，作家，《常州日报》原副总编辑。

敝帚自珍　岁月微痕

——作者心语

前　言

从家庭到学校，从学校到家庭。笼统地说，我大半辈子的生活轨迹，大致做着这样的"直线运动"。如果说，有时也有"越轨"，那便是动笔写些什么，也叫"不务正业"。

如此说来，本书结集的绝大部分内容，还确实不属于我的正业。全书共分三辑。

第一辑，"时评随笔"，始写于1990年初，见《常州日报》。

《常州日报》当时头版新开言论栏目"延陵语丝"，"稿约"要求时评，文字精短，内容最好带点杂味和知识性，以增加阅读的趣味性。当时有一项"创建"工作正在验收，我见有的单位有做"表面文章"的倾向，便由此说起，并联系典故"工之侨献琴"进行类比分析，对重虚名、轻实效的工作作风和思想意识加以针砭。这篇题为《"工之侨献琴"之类》的文章是我发表在这个栏目的第一篇，也便将之作为本书第一辑的第一篇。

第二辑，"新闻阅评"。我参加对常州三家报纸的新闻阅评工作，是在退休之后，先是受《武进日报》《常州日报》之邀，2000 年又被常州市委宣传部新闻出版局聘为市报刊审读员。被《常州新闻出版简报》2000 年第 6 期采用的我的第一篇阅评报告《加大言论分量　增强舆论引导——评述〈武进日报〉近期刊发的言论》，是我对《武进日报》重视编发言论的述评。此篇也成为本辑收录的第一篇。

第三辑，"纪实珍录"。这部分文章主要是记人记事，《古镇群贤　学界流芳——焦溪人物谱》据可靠资料辑成，是表达我对家乡先贤的景仰；《师魂祭》《葡萄熟了》，情动于中而形于言，是表达我永远的怀念。

本书辑录的文稿，都是已经发表过的。我将发表文章看作与人们的"交流"或"叙谈"，它同时也使我自身更加融入社会。

学习写点东西，得益匪浅。我觉得写作最大的好处是促进思考，思考又有益大脑，所以我也把写作看作"脑保健操"。可以说，人的生命的价值离不开大脑的正常思考。

本书出版的目的并非售卖。"嘤其鸣矣，求其友声。"赠亲友同好，祈方家赐教。

2021 年 10 月 12 日

　　2012年7月27日，武进日报社召开专题研讨会，我应邀作"优化新闻表达"点评。正面右三起依次为孙泽新总编辑、作者、葛长青副总编、荆和平主任。

　　2013年12月6日，常州日报社召开新闻阅评座谈会，报社党委书记、社长黄四清（正面右三）主持，常州工学院新闻系主任印兴娣等13位新闻评员与会，背面右三为作者。

　　常州日报社巢云栋编辑执编日报头版言论栏目"延陵语丝"、晚报头版言论栏目"箆梁灯火"，由此与作者成为多年文字之交。

为《现代报业》长时间供稿的文友许植基（左）、奚复兴（右）。

为《现代报业》长时间供稿的文友奚复兴（左）、晏飞（右）。

目　录

第二辑：新闻阅评

第三辑：纪实珍录

第一辑：时评随笔

　　时评大多刊于《常州日报》《常州晚报》《武进日报》的头版言论栏目，随笔大多刊于三家报纸的多个副刊，部分言论随笔刊于《新民晚报》《杂文报》《常州通讯》《常州教育报》等。

"工之侨献琴"之类

前不久，到一位朋友的单位去，见他忙着赶制横幅和标语，红红的，铺了一地，桌上、椅子上也琳琅满目。好奇之余，打听派啥用场。他回答说，布置用的，有人来验收"文明单位"。

文明单位，由有关部门派员"验"而收之，自然是郑重之举。既然称之为"验"，我想不外乎察看一番，看那个单位的文明是否名实相符，唯"实"而已，因而与临时布置不布置的关系是不大的。可是事实上，总还有人在"布置"上花力气，而且力气花得惊人，这就值得一议。如果这布置是为了"弄虚"，且休提它，嗤之以鼻可矣。但是不是也还有别的情形，譬如是否有吃不准验收者的"眼光"之类的问题。我于是想起了那位辅佐朱元璋立国的刘伯温写的"工之侨献琴"的故事。工之侨把一张良琴献给太常寺，验琴的"国工"不去听琴的金玉之声，只看那琴的外表便说"不古"。不古色古香，也就是不好。工之侨把琴带回后，做了一番"布置"，请漆工漆上断裂状花纹，请篆工刻了古款，还装进匣子在土里埋了一年。后来有人买了这张"古琴"献给朝廷，满朝上下都赞它是稀世之珍。

那琴虽说是被"验收"了，但两次验琴，否定也罢，肯定也好，一次也没有听听琴音，都是以外表为标准，也就难怪工之侨要在琴身上大做表面文章了。

勿做"国工"，也不学工之侨，不只是验收文明单位。

（原载《常州日报》"延陵语丝"栏目，1990 年 6 月 15 日）

（注：此稿获江浙地市报纸一版好新闻评选二等奖）

美的发现

近日报载：3 年前捐资 1.6 元的亚运会第一位捐款者，当时年仅 12 岁的颜海霞，已被找到，并被特邀为贵宾出席将要举行的亚运会开幕式。有人说此乃小题大做，我则认为，此举甚好！

好在哪里？好在 1.6 元以外的发现。

小海霞是只捐了 1.6 元，些许钱钞，大饼能买几只？这对偌大亚运会的用场，真是微乎其微。可是她郑重其事地寄去了。钱是她自己节省出来的，捐款的念头是她自己萌发的，因为亚运会将在我国举行。这 1.6 元远远超过了货币本身的价值，她捧出的是一颗爱国的童心，也是一种奉献精神。

在社会生活中，宝贵的东西、美好的东西，往往寓于细微之中。

亚运会的有关工作人员收到这 1.6 元钱后，并不因为钱少人微便漠然置之。而是首先去找，也是郑重其事地找了 3

年，找到后又特邀之。这一找一邀，足见他们的识见，是见微知著，是慧眼识宝，发现了这颗美丽的心。

发现美，也是一种美。

（原载《常州日报》"延陵语丝"栏目，1990 年 7 月 8 日）

也说凉热

7月26日，本栏目曾载文赞赏"干群同此凉热"的精神。眼下立秋虽近但酷热未减，故凉热问题依然是人们议论的热门话题。

人都有共同心愿，热之过甚，便思清凉，但如何思之，却各有不同。从干群关系来说，思一己之清凉，更需思众人之清凉。如此，自然的凉热，便与心的凉热有了特殊的关联。不是吗？干群同此凉热，之所以得"同"乃取决于干部对群众的心，即思想感情。人民至上，群众第一，怀着这样火热的心，自然推己及人，急群众之所急，首先想到广大群众尤其是奋战在第一线的人们正处在"火热"之中，也自然会把为之做清凉事视为应尽职责。唐朝有位诗人苦于暑热而作《苦热行》诗道："何当一夕金风发，为我扫却天下热。"诗句传颂至今，便是因为通过对秋风扫热的渴望，人们感受到了诗人那思天下之清凉的火热的情怀。此情尽管出于他那个时代，可至今仍不失为一种美德。

干部抱着热心肠，给群众送清凉，效应如何呢？"你们送来习习凉风，我们献上片片热心。"某厂职工的话道出了个中道理，所谓"热心"，便是可贵的积极性。一切事业的兴旺发达，不正来源于此吗？

（原载《常州日报》"延陵语丝"栏目，1990 年 8 月 3 日）

可贵的"催化剂"

前不久，江苏电台播报了镇江市有个工人要跟市长打官司的新闻。

起因是这位工人的妻子带着孩子从一座桥上经过时，由于桥面一处伸缩缝过宽，把自行车别住了，结果车倒人伤，孩子还摔得轻微脑震荡。事后，工人声言要跟市长上法院。

按理，此事倘真有官司要打，恐怕也找错了被告，因为一市之长对全市工作总不能事无巨细地包揽无遗。对正在气头上的这位工人，或许可以来它个"冷处理"，回答"查一查"后再"研究研究"。然而市长并未如此。他仔细听了工人的申述，认为身为领导是不能漠视交通安全这个大问题的，于是当即决定三条：一是向工人同志表示歉意，二是派员工看望伤者，三是责成有关职能部门在24小时内修补桥上缝沟。结果不过18小时，桥沟补好，那位工人满意，过往群众得益。

这位市长的处理，可说是深谙矛盾转化之道。由此，不禁想起话剧《陈毅市长》，陈市长夜访化学家齐仰之时，风趣地自比为促使社会发生革命变化的"催化剂"。这位市长便是做了这可贵的"催化剂"。经他这么一"催"，有关群众痛痒的一件实事迅速办成了，此其一；其二，也正是经他这么一"催"，政府和人民群众的关系更加密切了。

我推崇这"催化"哲学，更推崇运用这"催化"哲学的人民公仆。

（原载《常州日报》"延陵语丝"栏目，1990 年 10 月 9 日）

有识之举

　　智力投资得到了乡镇企业的越来越多的重视。近日从教育部门得悉，武进区不少乡镇和乡镇企业于此推出新招。他们已不满足于用原有的"派出去学、引进来教"的"零打碎敲"方法培养技术力量，而是进一步采取"正轨"办学措施。措施有二：一种是由乡镇成人教育中心学校附设职高班，直接从应届初中毕业生中选拔、培养技工人才。在今年中考中，全县就有12个乡镇这样做了。另一种是厂校挂钩，工厂直接委托职业中学办班代培，学生与企业签合同，毕业后回企业参加工作。

　　此等做法，切实而有用，且着眼于全面和长远地为乡镇企业栽培人才，实属有识之举。

　　随着商品经济的不断发展，乡镇企业如何不断完善自我以适应飞速发展的新形势？回答是，重视智力投资，提高全员劳动素质，有的更需向科研型企业转轨。这样才能在激烈的市场竞争中立于不败之地，并不断踏上新台阶。坐落于有名的"化工之乡"横山桥镇的武进精细化工厂和武进水质稳定剂厂，之所以被列为市科研型工厂，产品称雄于国内外市场，是与他们高度重视智力投资分不开的。

农村教育直接为生产服务，已显出令人瞩目的好势头，积极加以引导，势必大大有利于加速奔小康、加速农村经济的繁荣。

（原载《常州日报》"延陵语丝"栏目，1991 年 7 月 11 日）

莫把"令箭"当"鸡毛"

报载，1月18日，常州汽车站候车大厅内，一名做生意的旅客突然浑身着火，所穿衣服几乎化为灰烬。经询问，原来是为躲避"危险品检查"而捆藏于腰间大衣内的玩具子弹，在拥挤中摩擦起火。

纵然三令五申，严禁夹带易燃易爆物品乘车，"玩火"者总还不乏其人。这就提出一个颇具普遍性的问题：如何对待"令"。有些人违"令"考其原因，大致是心存侥幸，自以为即使有风险也不会出在自己身上。何以自处？克服利己主义思想，增强法纪观念和公德意识，方能养成"令行禁止"的现代公民素质。

但问题还有另一面，即对于行"令"者而言，更须真正做到"令重如山"，令出计随，动真格，方能奏效。试想，倘若"令"虽设而"干打雷"，或如"银样镶枪头"，或"虎其头而蛇其尾"，则无异于行令者自己就把"令箭"视若"鸡毛"了。常州汽车站在这方面的态度是认真的，他们在执行不准携带危险物品乘车的"禁令"上，措施得力，工作仔细，大力配备专兼职"危检"人员，实行百分之百开包检查，春运开始的九天，便查出夹带危险品170人次，收到了有禁则止的切实效果。

"令出即行"，莫迟疑，莫贻误。

（原载《常州日报》"延陵语丝"栏目，1992年2月18日）

听"难过话"

上月22日，本报"大千世界"专栏登载一则消息：在许多单位年终评优之际，市中医院领导却以主动"讨骂"的方式，请50多家特约单位保健站负责人上门提意见，叫他们说"难过话"。读之，感慨系之，启示良多。

一曰心诚则灵，真正做到虚心听取群众意见，并不容易，至少听群众意见比听领导意见相对难些。有时候，尽管对群众说高价征求意见，但群众凭直觉就感到你并不真诚，终于免开"卑"口，少说为佳。像市中医院领导这样，把这么多特约单位请进门来讲"难过话"，自然能听到改进工作的好意见。

二曰能一分为二。有一种通常的说法：成绩不说跑不了，缺点、错误不说"不得了"。为何强调后者？一般而言，说成绩易，揭缺点、错误难。如此，肯听"难过话"，才是真正的一分为二。

三曰不忘宗旨。我们工作的宗旨是为人民服务，百姓看你能不能"为人民服务"，其中有一条往往就是看你有没有听取"难过话"的虚怀若谷的雅量。

开展批评与自我批评乃党的优良传统，是加强和规范党内政治生活的重要法宝。愿法宝威力永存，推动各项改革，力促经济社会发展。

（原载《常州日报》"延陵语丝"栏目，1993 年 1 月 14 日）

"书香贝叶过"

　　有个单位，为了进一步把握雷锋精神，领导带头，共青团组织活动，带动全体人员认认真真读雷锋日记、了解雷锋事迹，他们称之为学雷锋的"基本建设"。这个做法有道理。

　　提及"基本建设"，我就自然地想到学雷锋活动中的两种现象：一是短期行为，二是只图表面。为何有此两种现象？一个重要原因恐怕还是对雷锋精神缺乏真正的理解和深切的感受。雷锋精神，概而言之，就是为社会热忱服务，为人民无私奉献。而雷锋精神正生动地体现在他的言行和日记之中。雷锋的言行、日记、人生，是一部大书。"书香贝叶过"，三十年前雷锋的事迹和日记刚出版时，有位革命长辈曾满怀激情地用这样的诗句赞之、颂之，意思是，有关雷锋的书的意义和价值，超过了某种经典（贝叶，喻佛教经典，这里是泛指）。三十年过去了，据统计，《雷锋日记》已累计发行约1 000万册，《雷锋的故事》发行了约2 000万册，为全国文艺类书籍发行量之最。它教育了一代又一代青少年和各个岗位的广大干部群众。

雷锋的事迹和日记常读常新，"香"飘世代。

（原载《常州日报》"延陵语丝"栏目，1993年3月3日）

上海开花常州香

前不久，《文汇报》报道云，"雅各脱"上海开花常州香，说的是上海科研人员的科研成果"活性乳酸菌奶糖"（英文译音"雅各脱"），在上海几经周折，未落实生产厂家，常州横林中外合资的佳利营养食品厂闻讯而至，与其喜结良缘，仅半年时间便推出新品，在上海1992年中外食品博览会上一炮打响。佳利厂的成功，对于如何善抓机遇并使之迅速转化为效益，颇有启迪作用。

本来，科研成果的运用是不分地域的，甲地开花，乙地飘香，原是常事。但就"雅各脱"而言，这朵花为什么奶糖生产实力雄厚的大上海没有抓住，而佳利厂却一抓到手？这就不能不归因于"慧眼识机遇"了。何以"识"得？曰：凭科学分析，有鉴于传统的奶糖已满足不了人们讲究食品的保健作用的新需求，富含乳酸菌的"雅各脱"兼具营养、保健和美发功能，正迎合了消费意识的新变化。而"慧眼"的产生，又是强烈的效益意识使然。

把机遇转化为效益，还必须改变长期在计划经济下养成的疲软积习，瞄准了就火速快攻。"雅各脱"的开发应用，仅花了五六个月的时间，新品就投入生产，随即将产品打入申城，这样的"快节奏"，诚如古人所言，"从时者""蹶而趋之，唯恐弗及"，这就势必演奏出"高效益"的美妙乐章来！

（原载《常州日报》"延陵语丝"栏目，1993 年 5 月 20 日）

文字有价

报载，常州红星家具城前不久聘请以"字痴"闻名的李延良先生为广告部文字规范化顾问，受到从事企业发展研究的行家的高度赞誉。

文字是语言的载体。语言是思想交流的工具，也是经济交往的媒介。随着市场经济的发展，文字的规范化越来越显出它的重要性。一个企业用字是否符合规范，可以说关联着企业的形象。譬如，有些以装潢为业的公司，竟然连自家的招牌都写错，误写成"装璜"；有的号称精品商店，使用文字却无"精"可言，"裘皮"竟写成"求皮"，"又"旁边加个"圭"便算个"鞋"字。这就难免影响人们对企业的信任度。至于在经济交往中因用字不规范而直接蒙受经济损失的事，也时有所闻。近读李延良与人合编的《一字之差》一书，其中提到的在经济合同上仅由于误将"定金"写成"订金"而造成万元乃至百万元损失的，就有三例。可见，谁不重视文字使用的规范，谁就可能受到它的"报复"。

文字可比一面"镜子"。企业在把自己推向市场的过程中，从这面"镜子"里照见的企业形象，无疑应当日臻完美才好。

（原载《常州日报》1994年4月2日）

还是要"先义后利"

买鞋时路过一家商店，迎面一块板上大书"不顾血本，跳楼贱卖"，中有某款鞋原价99元，现价36元。见之心动。同行者却笑而制止，指着脚上的鞋道：一式一样，26元买的。于是一笑了之。

事后揣摩那板上广告，觉得此非生意正道。我倒是赞成荀子的主张——"先义后利"。先义，也就是以真诚服务为求利的先决条件。有资料云：日本有家大丸公司在创业以来的274年中，因一直奉行诸如"先义后利"这样的经营宗旨，而受到人们的信赖，最后产生了"不为盈利而自然盈利"的效果。常州有家中药饮片厂，鉴于许多病者常为一服中药缺两味小品种药而大伤脑筋，因而急病家所急，不仅小品种药配备齐全，而且坚持亏本经营，为此每年要贴出10多万元，这真正是"不顾血本"了。可结果是，竭诚的服务获得了全市69家医院、中药房、药店的充分信赖，加之对中药饮片的深度开发，实现了社会效益、经济效益双丰收。

（原载《常州晚报》"篦梁灯火"栏目，1994 年 5 月 16 日）

身边的"名人效应"

　　企业的思想教育如何适应新形势，寻找新载体？常州变压器厂开展的争当"工厂名人"活动提供了新鲜经验。这个厂每月评出竞赛名人，每季评出全厂"十佳名人"，并在电台为他们点歌，为他们采写通讯报道，在全厂产生了强烈的"名人效应"，职工们劳动热情进一步高涨，企业月月超额完成任务。

　　慕名之心，人所共有。企业外有名望的先进模范人物，自然应当学习，但"名人"在"身边"，且这"身边"又是互为对象的，这效应便有独特处。

　　其一，这里的"名人"的内涵和外延十分明确。"谁创造的产量最高、质量最佳、效益最好"便可入评。此等内容本来就是职工的本职工作要求，是职工与企业的共同奋斗目标。争这个"名"，乃职工主人翁精神的表现，也是个人为企业多做贡献的价值观念的体现。其二，活动有贴近感。与"名人"

朝夕相处，所言所行，耳闻目睹，亲切可信。而且入选者出"名"之处，都是众人在干着的工作，容易比照，也容易产生共鸣。其三，活动是公开和公平竞争。人人皆可参与，争而取之。这样便自然形成了你追我赶的良好态势。

改革开放的深入和市场经济的发展，使职工们的自主意识和参与意识不断增强。这既给企业的思想工作提出了更高要求，更为创造生动活泼的工作局面带来了有利因素。常州变压器厂的做法，正是在这方面给了我们启迪。

（原载《常州日报》1994 年 1 月 19 日）

仕而优则学

市机关干部"三学"培训班使 1 000 多名干部重新回到课堂，既学习社会主义市场经济知识和现代科技基础知识，还学习计算机应用知识和通用外语。晚报曾以《"老学生"读书记》为题报道了干部们，包括一些担负着领导工作的同志，勤学守纪、孜孜以求的情况，读后令人振奋又感慨。

《论语》中有两句话，一句是"学而优则仕"，还有一句叫"仕而优则学"。后一句中的"优"，原意是"有余力"，全句意即"做官有余力就学习"。也有人把那句话中的"优"字作"良好"解，则该句的意思便是"官做好了还要进一步学习"。我想，这同样很有现实意义。

诚然，单位负责人是具有相当的知识水平和工作才干的。但是随着改革开放的深入，市场经济的迅速发展，先进科技的广泛应用，要进一步发挥聪明才智，便有必要通过不断的学习来不断地"自我完善"。可以说，凡是认真工作、做出了成绩的，都是坚持认真学习的结果。

（原载《常州晚报》1995 年 2 月 13 日）

"粮王"兴业正当时

我手头有两组生动的数字：一是武进区芙蓉镇 41 户种粮大户 1994 年向国家售粮数占全镇入库粮食的 50% 以上，其中有 8 户户均售粮 3 万多公斤，户均净收入 2.88 万元，最高一户收入达 4 万多元；二是金坛区岸头镇李志俊承包粮田 13 公顷，去年向国家售粮达 10.8 万公斤。无怪乎人们把种粮大户尊称为"粮王"。

"粮王"的兴起，使人眼界大开。大家看到了在稳定家庭联产承包责任制的基础上推行粮田适度规模经营带来的良好经济效益和社会效益，以及稳定发展粮食生产，促进农业生产向集约化、专业化、现代化迈进的美好前景，确实鼓舞人心。

"粮王"们以高度的敬业精神对待种田，辛勤劳作而富有经济头脑，极善利用先进的农业科学技术，勉力实施机械化耕作，在一定程度上代表了农业的先进生产力，不失为一个地区农业产业化的先行者和带头人。因此，他们一开始便得到各级政府和有关部门多方面的悉心扶助和大力支持，其"能量"得以尽力发挥，事业有成。

最近召开的中央农村工作会议，吹响了农业发展的新的号角。抓住大好时机，展新图，酬壮志，竞奋发，"粮王"兴业正当时！可以预见，在社会主义市场经济不断发展的大背景下，"粮王"的道路会越走越宽广。

（原载《常州日报》1995 年 3 月 20 日）

"工作之便"说

干部在履行职责之时，常会有所谓"工作之便"。如何利用这个"工作之便"，对于干部的品格，实在是块试金石。

孔繁森在担任阿里地委书记时，为振兴经济深入基层，常常趁下乡之便，随身带着小药箱，运用过去当兵时学到的一点医术，走村串户，为牧民看病。在拉萨当副市长下乡工作时，他又顺便用自己的工资接济贫困的群众。在抗震救灾工作中，他还"顺便"带回孤儿自己抚养。屡屡利用工作之便做得诸多好事。

但也有另一类情形，衡阳市政协原副主席符某等4人贪污、挪用侵占国家巨额资财，福建省体委原副主任倪某收受巨额贿赂，他们作案的一个共同点，也是"利用工作之便"。

"工作之便"，说到底，往往和一定的权力有关。一心想着人民的，这工作之便就会用来"便民"；而那些热衷于"便"中取利者，发展下去，也难免以"害民"始、以"害己"终。在利用工作之便上如何"自律"而洁身自好，能不深思之吗？

（原载《常州晚报》1995 年 5 月 10 日）

反求诸己

有位青年老师教学屡受挫折，学生上课不听讲，纪律混乱，课后作业不完成，且师生关系日趋紧张。这位老师叫苦不迭，声称如不调换班级，只好"罢教"。

教学遇此逆境，其"苦"可想而知。但这个学校的教导处并没有给他调换班级、转移阵地，而是让这位老师邀请学生开座谈会，倾心听取学生的"信息反馈"。学生坦诚相告道："老师，你讲课我们听不懂，你却责备我们。"不懂，自然"乱班"，作业也自难完成。一味责备，自然"对立"。这位老师恍然大悟，原来学生并非"煮不化、烧不烂的榆木疙瘩"，问题的症结还在自己身上！于是，他严以责己，从我改起，改进教学方法，循循善诱，教学大有起色。

诚然，学生对知识的掌握程度有参差，接受能力有高低，守纪律情况也有差别，然而，教与学的矛盾中，起主导作用的毕竟在教者一方。学的转化，归根到底还有赖于教的得法。

孟子说过："行有不得者，皆反求诸己。"（《孟子·离娄》）这
"反求诸己"，即反省自己失当之处，并加以改正，不责怪别
人。这对于青年教师提高自身修养和业务水平，想来是会有
启发的。

（原载《常州教育报》1995 年 11 月 15 日）

让孩子唱自己的歌

"让孩子唱自己的歌",这是觅渡桥小学第五届秋白艺术节的主题。在晚报上看着孩子们引吭高歌、充满童趣的照片,感触颇深。

孩子不唱"孩子的歌"的现象,有些年头了。电视屏幕上为幼童生日点歌,照样"红尘呀滚滚""真心痴痴",学校里少男少女的拿手节目不乏"恩恩爱爱""让你亲个够",连家庭里四五岁的娃娃对这些歌曲也早已耳熟能详……可是,孩子们不唱这些,又能唱什么呢?

如果说,玩具是儿童的天使,那么优秀的少儿歌曲就是孩子心灵的感应。我想这话恐怕是不为过的。孩子们的健康成长,不能不需要这个独特的心灵滋养。有人说,孩子的歌不值钱,它便注定要"贫困"。可是,一个孩子的歌都会贫困的社会,无论怎样"有钱",也不能说是健全的。值得庆幸的是,终究有不只为了钱且也不相信孩子的歌真的"不值钱"

的有识之士以及方方面面，他们为了它的繁荣而大力做着征集推广等方面的工作。如此想来，觅小的做法给人的启迪，应不仅在学校的范围之内。

（原载《常州晚报》1995 年 12 月 11 日 ）

共建"书香社会"

第四届武进书市书香漫溢，1996 年龙城书市又闪亮开张。群众性的购书和读书热，表明了热爱文化、崇尚知识正蔚然成风。

欣喜之余，不由得想到最近举办的首届上海图书节引出的精神文明建设的一个重要课题：让我们共建书香社会。有识之士对书香社会做了这样简明的概括：这个社会拥有越来越多的知书达礼的人，各行各业体现出越来越浓的书卷气，年轻一代始终伴随书籍一起成长。我想，这不也正是龙城城乡人民正在为之努力的目标吗？

从时代趋势来看，随着社会转型的日益深入，社会心态开始由浮躁渐入平静，知识、修养和文化越来越受到尊重。就地域环境而言，且不说龙城固有的人文传统，只道近些年来，我市从市区到乡镇，不仅藏书万册图书馆网点之类的文化设施不断兴建和改善，而且一次又一次的诸如家庭藏书竞赛、各种读书活动以及"一二三家庭读书工程"和企业文化建设等，均日渐广泛地吸引着群众的参与，在一定程度上形成了书香氛围。

共建书香社会，重在一个"共"字。那么，抓住有利契机，因势利导，进一步有计划、有步骤地采取各种措施，以期更加广泛而持久地激发群众爱书、读书、用书的积极性，这一切看来是时候了。共建书香社会，黄浦江畔已传出时代的新声，相信运河岸边龙城的书香也会更浓。

（原载《武进日报》1996年10月9日）

"凝聚力工程"的"基石"

有篇报道在记述本市某中学"办学质量渐入佳境"的原因时，提到一则学校安排职工新住房的"佳话"：三位校长也和教职工一样参与分配，结果正副校长分别住在顶楼和底楼，教师们风趣地说，校长"顶天立地"，我们"乐在其中"。

初看起来，住房安排之类的事怎会与办学质量有关？细想却不无道理。一个单位分房的具体操作，不必一概而论。而领导人如何对待利益分配，则往往关系到能否取信于群众这一重要问题。这里所谓的"顶天立地"，透过字面意思不难看出，实际上乃群众对领导人在利益面前能行事光明，把自己"立"在群众之中，不以权谋私的赞许，一种快慰和信赖之情溢于言表。有人这样"带队"，自然"乐在其中"。

人们常把如何团结群众、调动群众积极性称为"凝聚力工程"。这"工程"的实施，离不开领导人对握在手中的权和利的正确处置。如果个人至上，私利为先，自身形象欠佳，群众难免离心离德；反之，对己对众，一贯以公心处之，则群众的心和力自然不难"凝聚"。要说这"凝聚力工程"需要有坚固的"基石"的话，我想，这后者便是。办学如此，别的方面的工作亦然。

（原载《武进日报》1996年12月11日）

"从善如流"与"从善如登"

有位教师将同事们帮助一位退休老师治病的一笔捐款中的几百元零币，拿到中国银行常州分行西新桥分理处兑换成整钞时，遭到了拒绝。常州分行接到投诉电话的当天，分行、办事处、分理处的负责人在"调查核实后即陪同经办的两位柜台工作人员登门道歉"；随后，办事处及分理处负责人再次来到该校，送上了分理处全体员工捐出的一笔钱，以表达他们对教师的敬意。读了晚报关于这事的报道，不禁对上述银行的同志包括那两位工作人员，油然而生敬意。可敬者何？曰：从善如流。

只因工作中的一时疏忽，这样郑重其事地纠正，而且超出了本身服务范围，捐资相助，其诚之真、情之切，堪称服务精神的高境界。

要知道，"从善"要这般"如流"并非易事。事实上，确也有少数服务单位，说着以诚为本，而具体做起来，有时却难见真心。对此，倒是期望人们能记住另一个成语，叫作"从善如登"，就是认识到顺从好的、接受好的意见像登山一样并不容易，因而要多花点力气。力气花在何处？即职业道德、社会责任心和敬业精神的加强。如此，做到从善如流也便不难了，自身的形象也会被塑得更加美好。

（原载《常州晚报》1996 年 12 月 20 日）

董事长的"小算"

　　报载，某知名集团企业董事长在前不久，因公去日本，已买好从上海飞往日本的机票。但是从出发地合肥到上海这段路，如何"走法"？行前他为此"算筋算骨"地打起了"小九九"：第一种方法是用厂里的车送到上海，此法最舒服，可是算下来各种费用需 1 899.33 元；第二种方法是乘飞机去上海，然后住一夜，约费 913 元；第三种方法是当日飞上海，接着换机去日本，花费可缩减为一张 340 元的机票钱。权衡再三，他最终采取了第四种方法，头天晚上乘火车动身，夕发朝至，所需仅 183.33 元。既省钱又不误赶路，两全其美。孰料故事一传开，闻者均哑然失笑，笑偌大企业大老板，何其之"抠"！

　　记得早先读《创业史》，对梁生宝买稻种时的那些"小算"，就未听说有人从中发现什么"笑料"，从这位农村基层干部身上具体感受到的，是一心为群众艰苦奋斗、勤俭办事的可贵品质。可令人不解的是，如今这位一心为公家着想的董事长，缘何就"小算"不得？或曰：此一时彼一时也，那时的梁生宝和他所在的集体还太穷，穷而"小算"，理所当然；而今董事长既有那么多钱（而且是公家的）可花，也有权且有理花钱，还"抠"它作甚？言下之意，艰苦奋斗、勤俭办事云云，那是"穷棒子"的事，有了钱该花不花，未免太不合"潮流"，太不"观念更新"了。这恐怕是当今颇有代表性的一种想法。

诚然，这两人属于不同时代。时代不同固然不能简单类比。但是，作为事物发展过程来看，毕竟有它的联系性。只要稍加分析，便不难看出，不同时代的梁生宝和这位董事长包括他们的"小算"，实质上自有其相同或相似之处。尽管一个处在土地改革后发展生产却还是穷困的境地，一个居于改革开放中企业已经财大气粗的"富有"地位，但他们其实都经受着历史发展新阶段的考验。在穷困中求发展是考验，条件变了，"富有"何尝不是考验？而且可能是更为严峻的考验。我们从梁生宝和这位董事长各自的"小算"上，以小见大，可以看出，他们都以清醒的头脑、高度的自觉和严格自律的精神，对待着时代赋予他们的使命。

这位董事长是今日的"梁生宝"，又不完全等同于"梁生宝"。新的时代需要不断造就新的"好管家"。

（原载《杂文报》1997 年 6 月 20 日）

说 "4" 道 "8"

　　某村按户籍为住户挂门牌，有编号为"44""46"的户主以数字不"吉利"而大伤其心，拒不接受；又有住户依顺序本与"8"字沾不上边的，却偏要谋个带"8"的号头。由此引发了一些不该有的麻烦。

　　电话号、车牌号之类花钱买"吉利"之事早已是旧话，时过境迁，不意竟在门牌号上又出新闻。可见某些"习惯"一旦形成"势力"，对人的思想意识和社会风气会产生多么顽固的消极影响。本来，生活中讨个口彩、图个吉利以求得某种心理满足，原是人之常情，无可厚非。但这个"8"和"发"、"4"和"死"之类毕竟仅是汉字谐音，两者并无丝毫关联。如果拿它过于"当真"，甚至迷信到如"图腾"一样崇奉，就未免离谱太甚，有点荒唐。试想，倘然照此"当真"下去，那么看病挂号、年岁增长，岂不也要择"吉利"数字而从之？

此等消极的"文化"心态，再次提醒人们：在大力运用科学技术发展经济的同时，勿忘用科学"脱愚"。

（原载《武进日报》1997 年 6 月 21 日）

"学费"的回味

我们旅游时，在赏心悦目间，有时也难免"煞风景"的懊恼，譬如不经意就因为违规被罚了款。

那年暑期，我随单位集体去游京城，清晨到达，在火车站出口处一座门厅边稍歇，才一会儿，同行的汪君从厕所返回，脸上露着不自然的笑，一问，原来他平时如厕有"烧一支"的习惯，进门照例先摸香烟，哪知刚接上火吸了半口，即遭制止，并按当时规定罚款2元。这才领教，那是"无烟厕所"。"交点学费也好。"汪君自嘲地说，一面提醒众人学点"乖"。

"学费"交了，"学乖"却并不容易。头三日游颐和园和故宫，还算"警惕"，至第四日便"忘乎所以"。游十三陵定陵那天，从曾经埋藏于地下近400年、后被发掘面世的玄宫出来，回到停在停车场的游览车内，已近中午，便边聊观感边取出自带的食品充饥。食欲正旺，谈兴方酣，车下的卫生监督人员发现了我们从两处车窗口扔出的鸡蛋壳。吃鸡蛋剥了壳随手一扔，是向来如此的"习惯动作"了，此时此地，却先是被要求下车捡起，接着扔者每人被罚款 10 元。一波刚平，一波又起。接下来被罚的是随后赶回的一对青年恋人，两位匆匆走到车门边，就把水蜜桃的核和皮习惯地随手一丢，那监督人员正兜转来，且极细心地判定系此二人所为，便要求每位各罚 10 元。隔日，在王府井大街的一家商店内，我们的另一位"瘾君"因乱扔烟头一枚，还有一位随地吐痰一口，被监督大娘及时教而罚之。

如此这般，晚上每回到下榻处，相互一通报，自然少不了好一通调侃、讪笑，于是不免慨叹：真没想到平素不经意的些许"习惯动作"，在与文明卫生"接轨"之际，竟产生如许"碰撞"。如今回想起来，还真有点"意味深长"。记得叶圣陶先生论及"习惯"的文章中曾有这样的箴言：不养成好习惯的习惯更是坏习惯。以此次北京之旅证之，信然。

（原载《武进日报》1997 年 10 月 27 日）

"架子火腿"包装及其他

上海滑稽名家王汝刚演小品《三婿拜寿》，那位三女婿肩扛如大提琴般的火腿一只，登门孝敬岳母岳丈。二老笑纳之后扯去层层包装，最终现出火腿的真面目——仅巴掌大的一小袋。捧腹之余，缘其徒有虚架，名之谓"架子火腿"。

由艺术的真实想到生活的真实。生活中，华其表而虚其实的类似现象并不少见。以商品而言，常听人们抱怨，某些食品外观包装"大而精"，内里却"空而瘪"，"可利用率"小得可怜。有商家取名，明明只是一两间屋的小商店，也要挂个什么"中心"或某某"总汇"的招牌；近些年，又大兴以"城"冠名之风，连有的本来很有名气的百年老店，竟也挡不住这"城"的诱惑而改换"包装"，实在是有点可惜的。

至于"名"为甲而"实"中却冒出个风马牛不相及的乙来，就更是令人困惑了。某地曾推出一种新品月饼，价格不菲，一盒高达千余元，何以出此"天价"？原来盒内还"伴"

着 800 元一瓶的洋酒！如此种种，除了物质利益驱动外，不能不说与思想意识上的虚浮之风有关。

事物（包括商品）的表与里、名与实，本当力求一致或相称，反差不要太大，否则，难免弄巧成拙。古人有云："千虚不及一实。"这个道理想来是适合所有正经做生意的及生意以外的事情的。

（原载《武进日报》1997 年 11 月 7 日）

"快餐招待"

　　企业的商务交往中，免不了招待。前不久，芙蓉镇一家企业以快餐招待前来作技术指导的日本客商，此举令人耳目一新，其新在：一是省钱；二是省时，提高工作效率。几位日本企业的领导人和专家，各一盒快餐，半小时吃完后，该干什么工作就干什么工作去了。更有一点，这样做也是为企业树立良好的形象，说明这个企业不是搞"吃喝"的，是"干事"的。这不能说不重要。

　　企业要强盛，是要有一点精神的。不把心思和精力过多地花在招待吃喝上，而着眼和致力于提高工作效率，便见得一种可贵的进取精神。反之，在吃喝上大事铺张，看似"小"事，实则往往使"精神"涣散，有碍人心的凝聚。曾闻有因大吃大喝"隆重"招待而吓跑外商的事，引人反思。这就要转变观念。芙蓉镇这家工厂的厂长曾到日本参观学习，也学到了日本企业以快节奏、高效率的原则招待客人的做法，这便是一种可喜的观念转变。在加快企业改革步伐的同时，变更某些陈旧的观念，促使企业加强现代化管理，以适应市场经济的发展，是很有普遍意义的。

（原载《武进日报》1997 年 11 月 25 日）

为"压倒优势"担忧

一位乡妇女主任告诉我，有个村幼儿班，二十九名幼童，其中男孩十九名，女孩十名。男女性别之比约为二比一。于是乎，不少男孩家长因这个"压倒优势"颇为"自豪"。甚至有的跟生育女孩的邻居相骂起来，最"狠"的一手，便是以对方"生不出儿子"相讥。

一个幼儿班性别之比如此悬殊当属特殊，一些家长的观念偏颇似乎也并不奇怪。然而，最近从报上读到的全国人口性别比例严重失调的沉甸甸的数字，却不能不令人深感沉重。人口普查和抽样调查结果表明，目前我国男性比女性多3 680余万人。而且年龄越小，男性比重越呈增长趋势，推算起来，一二十年后将会出现近七千万的"光棍汉"。仔细想想，说不定其中就包括如今正被父母引为骄傲的男孩。尤为可虑的是，诚如披露调查数字的文章所指出的，那时"光棍"们将会采取什么方式来对待主要由上代人的重男轻女导致的这个失误呢？

　　记得看过一幅漫画，意思是有了阴极和阳极的协调作用，电灯才会大放光明。社会的稳定和繁荣，不也是同样的道理吗？人们当然不希望到一二十年之后再吸取"严重教训"。那么，除了抓好人口的优生优育，从现在起，从观念转变到社会保障，该赶快着手做些什么呢？人们常把某些重大社会问题的着力解决称为"工程"，我想，这个解决人口性别失衡的问题，不也应该是一项需要方方面面积极参与的"系统工程"吗？

（原载《新民晚报》1998 年 2 月 17 日）

（注：此稿获该报"夜光杯·灯花"言论征文奖）

"喜"字上的"新招"

时下农村因造屋购房等办喜宴时，常见有直接将贺礼的钞票排贴成"喜"幛，挂在墙上的。那票子的面额，由先前的十元，逐渐变为五十元，如今是一律百元了；偌大一个"双喜"，若无数千上万元"喜"不起来。

起初在"喜"字上出这个"新招"的，其本意也许不在"掼派头"，似乎是手头也有些钱了，想在贺礼上露一手，给受礼者"一个惊喜"。然而，殊不知这一露，原本为表达真诚情义的礼便不免变了味。首先是变得有礼必重。那"双喜"既然浑身是钱地张贴起来了，"区区薄礼"自然羞于见人；"礼轻情义重"云云，只好"过时"。即便经济拮据，也会因"轧在沟里"而不得不硬撑"体面"。再说受礼既重，还礼也必不轻。这般"喜"来"喜"去，"人情债"便难免越炒越大，笔者见闻所及，有的就又有新招，已发展为用钞票贴繁体的"发发发"，甚或"心想事成""一帆风顺"之类的了。

让礼尚往来归真返璞，让喜事办得文明俭朴，这才是真正可喜的。人情上的奢靡之风（甚至可能滋生腐败毒菌），还是不"发"为好。

（原载《武进日报》1998 年 3 月 6 日）

重读《报任少卿书》

引起我又一次对《报任少卿书》难以释卷的，是看了电视剧《司马迁》。人们历来推崇司马迁"文有奇气"，捧读这篇被称为古代少有的"奇文"《报任少卿书》，确实感受到一种惊天地、泣鬼神的心灵震撼。司马迁遭受了那样的奇耻大辱，仍毅然忍辱著书，那不为厄运所摧的坚韧不拔的精神，在这封信里得到了集中的体现。无怪乎后人赞它："其感慨啸歌，大有燕赵烈士之风；忧愁幽思，则又直与《离骚》对垒。"

司马迁活着是比死还要痛苦的。这不只指受了腐刑的肉体摧残，更是由于心灵上的耻辱，这耻辱之深，"虽累百世，垢弥甚耳"！然而他以常人难以想象的毅力，"隐忍苟活"，没有采取自我"引决"。他说，"人固有一死，或重于泰山，或轻于鸿毛"，他把生与死的抉择与人的社会价值联系起来加以权衡。正是这种进步的生死观使他没有也不会选择如鸿毛之轻的"自决"。

与此相一致的便是他的崇高的生活理想。他要完成他的著述《史记》的大业，"欲以究天人之际，通古今之变，成一家之言"，并使之"表于后世"。他把这看作他的社会责任。正是在这个远大目标的驱动下，他遂以历史上许多德才不凡的著名人物在遭受困厄后对文化事业做出的突出贡献来自勉。"文王拘而演《周易》；仲尼厄而作《春秋》；屈原放逐，乃赋《离骚》……"今天我们常说的"榜样的力量是无穷的"，从司马迁身上也可领悟到，榜样之所以会产生力量，乃是也必须是自觉地引以"自勉"的结果。

往事越千年。司马迁这位含垢忍辱的太史公，这位历史巨人和文学巨匠，以他的永存的人格魅力昭示人们：当一个人意识到自己奉行的理想信念有益于社会的文明进步，并以此作为精神支柱时，那么他就可能获得充实的人生。

（原载《武进日报》1998 年 4 月 13 日）

"连心路"连心有学问

经过村干部的努力，因年年修年年坏而被称为"胀气路"的小河镇董家村东风大道，于上月终于彻底修复，根治了"后遗症"，给该村2 700多名村民的出行带来了方便。村民赞之为"连心路"。"连心路"何以连心？董家村村干部修路的经历给我们提供了"学问"。

我们常说干部要为群众办实事。修路自然是大实事一桩。年年修年年坏，事虽办而未有实效，难怪群众心里"胀气"。这就又一次证明：事办实了，群众才会真正安心顺心。

我们常说，要尽量减轻群众负担。这个村过去每年修路都要向村民集资，这回村干部则想方设法从各个渠道筹集资金，又自掏腰包热心捐款，未让村民负担一分钱。既办了实事，又体恤群众，群众也就倍感温暖、舒心。

我们常说，干部要有勤勤恳恳的优良作风。在修路过程中，10位村干部全部上路参加义务劳动，填土、卸石子、铺石子。这路上洒着干部的汗水，乡亲的心与干部的心怎能不贴得更紧。

"连心路"连心的"学问"，值得所有干部用心细品。

（原载《武进日报》1998 年 4 月 25 日）

由获"购物奖"想到一出海派喜剧

前不久，笔者的家人从一家商店买鞋子归来，进门便面有愠色。一问，原来是买鞋时得了个"二等奖"。得奖缘何不悦？所叙经过还真叫人长见识。当时去柜上付完款，收款小姐即道："你得了个二等奖，只要付100元钱，便可获得名牌优质皮鞋一双和衬衫一件。"犹豫间，便有人凑上来表示也要这个奖，于是获奖心切，付钱领奖。"奖品"到手，转而一想，疑窦顿起：并未看到什么中奖号码，奖从何来？既为得奖，却要付钱，岂不蹊跷？后经一番脸红争执，总算把"奖"退还了商店，但如此一折腾，当"上帝"的乐趣已荡然无存了。

如今市场竞争激烈，促销手段五花八门，打折减价、设奖奉送，不一而足。作为普通消费者，往往很难辨其真伪。及至事后"觉悟"，已经迟了。由此想到日前从电视里看到的一出海派喜剧：一对老夫妻去买"买一送一"的优惠货，先是到一家商店买眼镜，以为这送的"一"是眼镜无疑，谁知竟是一小块擦布；再去买皮鞋，竟然是"买一只送一只"。如此这般，老人终于在店家说"欢迎下次再来"时发狠道：没有下次了！

　　做生意用点促销手段当然是必要的，但是不管怎样促销，有一个宗旨是永远不能背离的，那就是诚实。只有这样，顾客才会真的"下次再来"，生意才能越做越兴隆。

（原载《武进日报》1998 年 5 月 1 日）

且看美国的"花木兰"

大概谁也不曾想到，大家熟知的替父从军的女英雄花木兰，忽然间成了"美籍华人"。据报道，美国迪士尼公司的第36部动画片《花木兰》正在中国译制。美国人为此片投入了超过1亿美元的巨资。

多年来，由于外国动画片的涌入，我们的孩子有缘结识了诸如聪明的一休、铁臂阿童木、英勇无畏的奥特曼等好一批新的英雄朋友。尽管人们对于英雄们的"进口"并不满意，但事实上这些艺术形象正伴随着孩子们成长。崇拜英雄是孩子们的天性。如今，美国人又"送来"了我们自己的"花木兰"。届时，女英雄"万里赴戎机，关山度若飞"的动人故事，花木兰的飒爽之气（自然还有亲情、爱情、友情的真挚展现），会引得国人尤其是我们的孩子们深深地为之折服。有人觉得，由外国人来播扬我们的华夏文明，心里总不大自在。但是让我们的孩子记住花木兰，无论如何，我想总也不是坏事。而且说不定还可能有与之配套的各式书籍和玩具的畅销，可以活跃文化市场。

不过，由此倒引起了我的另一种不自在。这倒并不是因为"美国人会用美国人的思维方式"去演绎花木兰。据报道透露，美国人要求给花木兰配音的嗓音，"要具有高尚精神、活跃、勇敢独立""要使人相信花木兰是个战士"，有对花木兰这样的诠释，我想与我们对这个艺术形象的"人民性"的理解，大体上是不至于有过多相悖之处的。不错，美国人十分清楚，如果不在这个根本点上站住脚，而要我们自觉地掏腰包，这是不可能的。我所不能坦然的，倒是不由得联想到了我们某些人的思维方式。譬如同是拍摄我国古代题材的影视作品，人家径直"送来"的是我们心中的女英雄，而我们有些人过于热衷的却是帝王后妃的宫闱秘闻，乃至津津乐道于皇帝老儿的"风流韵事"之类。同样是改编，我们有些人借传统优秀戏曲之名"再创作"的所谓"新编"电视剧，竟可以连一点原作的影子都没有，任意瞎编。当看到孩子们那样忘情地欣赏着这种"艺术"的时候，能不为民族民间艺术珍品被亵渎、艺术空气被污染而痛心吗？

鲁迅说，"拿来"需要"放开眼光"。从报道来看，美国人将花木兰"送来"，大约是不大敢抛开中国人的眼光的。那么，我们拿给自己看的东西呢？如果美国"花木兰"有助于我们借以对某种思维方式包括审美观点和艺术趣味做些反思做些校正的话，我倒是很愿为美国的"花木兰"撰文做一次广告。

（原载《常州日报》1998 年 6 月 2 日）

又见保尔

乌克兰拍摄的6集电视电影《钢铁是怎样炼成的》，是根据同名小说改编的第三部，最近在中央电视台电影频道播出。本片着重刻画了主人公保尔·柯察金的思想性格、心理状态和精神面貌，与此相适应的，影片在艺术手法上大量运用近景和特写镜头，对故事情节和背景做了虚化处理，因而影片看起来格外荡气回肠、真切动人。尽管它描写的是那个特殊时代的人物的生活和爱情，尽管世事沧桑，但保尔这个光辉典型，这个"令人神往而现实的形象"（法捷耶夫语），依然超越了时间和空间，引起了我们心灵的震撼。

保尔的一生是与困难战斗的一生。总是顽强地战胜几乎不可战胜的种种困难，是保尔最为鲜明的特点。他在枪林弹雨中九死一生，经受了战斗的洗礼；在抢筑铁路、搬运木料等劳动中，战胜了几近生理极限的极度劳累、饥饿、寒冷和伤寒以及匪徒的袭击，同样经受了生死考验。

　　自觉维护革命队伍的纯洁，容不得一切假恶丑的存在，这是影片展示的保尔身上的又一个显著特点。他蔑视官僚主义者的装腔作势，反对形式主义，痛恨自私钻营和追逐权力，谴责萎靡、堕落。

　　保尔病倒后向自身厄运"挑战"，这更是他的生命进行曲中最为感人的乐章。经过剧烈的思想斗争，他明确了"征服死亡的人应该怎样面对死亡"的问题。为了写作，他克服了只读过三年小学的困难，发奋学习；双目失明了，他摸着一行行"格子"顽强地写下去。活着就要对社会有益，这是他强大的精神支撑。

　　所以，我想完全有理由这样说：无论在什么时候，只要社会还需要进步，还需要创造真善美，那么，保尔的精神和人格力量，就始终会闪耀光辉。

（原载《常州广播电视报》1998 年 10 月 30 日）

名　字

　　在一部电视剧中，农民陈奂生到美国长了不少见识，其一是在一个洋人家里听到狗的名字竟叫"尼克松"。陈奂生好生奇怪道，那不是跟总统重名了吗？主人笑道："这没有什么。"

　　要说有关"名字"上尊卑贵贱的讲究，在我们这块土地上，还真是源远流长。在集权主义的封建社会，不消说至尊至贵的皇帝老儿用了哪个字做名号，普天之下都得"避讳"，就是地方官吏，也有将本人大名视同自家"专利"的。陆游的《老学庵笔记》中就提到宋朝有个叫田登的州官，元宵节"放灯"，因"灯""登"同音，官府便贴出堂堂告示，"放灯"只能改称"放火"（后来的成语"只许州官放火，不许百姓点灯"，即源出于此）。这种封建专制意识，也渗透到"基层"的角落。只要看看鲁迅笔下的那个小小的未庄，有权势者赵太爷姓赵，阿Q便连姓赵都"不配"了，原因在于阿Q

是卑下的贱民。至于那个时代的下层妇女就更等而下之了。我少年时看到祖上传下的族谱中，凡女性便一概以"某某氏"称之。

新中国成立后，"名字"观念也随着时代的变化而大改观，出现了种种的进步。然而要抹去过去深印在意识中的旧痕迹也实在不容易。但是，青山遮不住，毕竟东流去。改革开放带来了思想的解放。如今陈奂生与洋人的那段对话，不就堂而皇之地拍进电视剧了吗？陈奂生们的"名字"等级意识的残余，相信随着社会文明程度的不断提高，也会不断淡化。

（原载《武进日报》1999 年 3 月 22 日）

"游戏时代"质疑

如今的电视综艺节目到处是"伴随调侃，有奖观赏的游戏"，热闹火爆，似乎已进入"游戏时代"。但对这样的"大趋势"，笔者却并不以为完全可喜。

不错，既为综艺，轻松娱乐当是一大宗旨，有嘉宾、观众参与，游戏闪亮登场，较之以往，确实拓宽了路子，给人带来了宽松活跃的气息。但是，也和其他事物一样，怕的是走向极端。当前的问题是，倘若台不论大小，地无分东西，一年搞到头，周围皆游戏，以至成为一种定式，就不免令人产生一种疑虑：本来应当丰富多样的综艺，会不会反倒又形成一种新的窠臼，走向另一种单调？就拿名称来说，甲推出某某"之约"，乙便马上来个"相约"某某；你的"非常"走俏，我也"非常"紧跟。这样的思维方式，难免会导致"一窝蜂"。在火爆中是否潜藏着某种先天不足？

综艺毕竟也是"艺"，应当是最讲究多姿多彩和个性化的，这样其生命力才能持久。令人庆幸的是，最近看中央电视台"曲苑杂坛"，当有人问及是否也要改做游戏时，主持人汪文华含笑明白宣告道：不会。在游戏之风日炽的情况下做如此决策，实在是一种可贵的清醒。这也给人以启示，各地与其都往游戏一条道上挤，有朝一日看得人心里发腻，嘴里喊没滋味，还不如发挥各自的长处，自辟蹊径，努力追求自家的特色。总之，我的意思是，游戏不是不可搞，百花齐放更重要。思路拓宽觅佳艺，求异创新是真谛。

（原载《武进日报》1999 年 4 月 16 日）

养成一个"离不开书"的基本习惯

常州电梯厂原来在全国电梯行业排名 123 位，濒临倒闭，现在已奋力跃过 115 级台阶，名列全国电梯行业第 8 位。谈起企业的生存和发展，职工们由衷地感到，离不开高南扣厂长。可是高厂长却是另一番感慨：离不开书。兔年大年初一，高厂长已是伴书过了八个春节，平时也是一有空就要"随手翻看"。在他的办公案头和家居榻旁，都叠放着他喜欢的书。如此读书，真称得上习惯成自然了。

时下人们说到迈向新世纪，无不充满豪气。不过，豪气是需要"底气"来支撑的。要有"底气"，一个重要的方面就是要读书学习。不是吗？适应知识经济时代的挑战，增强开拓市场的能力，实施现代化企业管理，全面提高人员素质，哪一项也离不开读书。读书，在很大程度上正在帮助许许多多的"高厂长"成才创业。作为企业的当家人，在读书这件事上理当率先身体力行。可是，如今不少厂长、经理不读书的现象令人担忧。近日，某报记者对 10 家国企厂长、经理进行了调查，有 7 人称无时间读书，有 5 人表示不读书一样可以凭经验抓生产；有个企业整个领导班子成员，平时"基本没有读书的习惯"……如此，自然也谈不上提高素质。在市场竞争已发展至科学技术竞争的今天，由于管理者素质的局限而捉襟见肘甚至"败下阵来"的教训，不能说不深刻了。至于经验主义，本身就是缺乏理论素养的结果。

时代在召唤，现实在催动。下决心改变"基本没有读书的习惯"的现实，把认真读书作为提高素质和创业技能的一项基本功，并且也像高厂长那样努力养成一辈子的"基本习惯"，这不仅是厂长、经理们的内在要求，对所有创业者来说，也都是极端重要的。

我们常说要苦练内功。养成认真读书的习惯，无疑是其中的一项"内功"。这个习惯如何养成？那位高厂长给了我们启迪，还是那句老话：发扬钉子精神。如此则功到自然成。

（原载《常州通讯》杂志 1999 年第 4 期）

杂说"醉酒"

　　武松上景阳冈之前先到酒店喝酒，店家指着写有"三碗不过冈"的旗招好言相劝，说那冈上有吊睛白额猛虎伤人，所以千万不可贪杯，以免误了自家性命。武松仗着海量，使起性子，偏一连喝了十八大碗，直喝得醺醺然步履歪斜上冈而去。我先前以为武松之所以不怕那大虫并将它打死，十八碗酒水多少助了他一臂之力。且自古英雄与豪饮似乎总有不解之缘。细读《水浒》原文，其实不然。要不是猛虎突然出现一吓，加上冷风一吹，给武松赶跑了酒意，恢复了清醒，光打"醉拳"怕是高低赢不了老虎的。如此看来，武松不听酒家相劝，实为意气用事，没有失事，实乃大幸。

　　然而，现实生活中有些人的贪杯醉酒，却未必都能有好运，不幸的事时有发生。翻翻本地的报纸，仅春节后的个把月里，由此而肇事的，尤其是交通事故，经常看到。尽管也有人事先好言相劝，醉酒者却往往凭着一腔意气，不予"买账",结果拿自家性命开了玩笑。真是令人唏嘘不已!

我国是个酒文化特别繁荣的国度,国人自古对喝酒尤其是豪饮醉酒,多抱赞赏态度。顶尖级的"饮者"不可胜数。孔融、嵇康、阮籍、陶潜等一个个嗜酒如命,刘伶甚至公开宣称"醉死了便随时埋掉"。这些都被作为千古佳话流传于世。那梁山好汉们也是无人不豪饮。至于雅的俗的对"醉酒"的种种赞词,更是洋洋大观。我最近读到一篇赞成"醉酒"的文章,其中引杜甫的"倾银注玉惊人眼,共醉终同卧竹根",称这样的醉酒给饮酒赋予了"深深的文化内涵"。其他的诸如"对酒当歌,人生几何""醉里乾坤大,杯中日月长",直至今日仍流行的"舍命陪君子""一醉方休"等,也无不把人生、性命与酒神菩萨结缘视为某种潇洒。在如此这般浓郁的传统文化氛围之中,便自然形成了一种近乎"酒崇拜"的社会文化心态。倘若没有点清醒的头脑,确实是很难不受其诱惑的。所以我想,尽管酒之为"文化",不妨歌之赞之,但贪杯醉酒事实上并不美妙。君不见那武松的好友、原本是非分明的鲁智深,醉后竟在山门前对师兄弟们乱打一气;杀死过四只老虎的李逵被李鬼老婆向里正告发之后,中了曹太公的酒肉之计,被"灌得酩酊大醉"而做了阶下囚。类似例子,古往今来也是不少的。

(原载《武进日报》1999 年 6 月 28 日、

《常州通讯》杂志 1999 年第 6 期)

还须呼唤"赛先生"

前不久，中国科协主持的一项农村大型调查显示：一些地方愚昧的迷信活动沉渣泛起。与 1996 年的调查数字相比，相信算命的人比例由 28.7% 上升到了 35.5%，两年增加了近 7 个百分点。调查还表明，文化程度越低受迷信思想影响越深。

众所周知，愚昧与落后总是"结伴"而行的。一些人利用封建迷信装神弄鬼，骗取钱财，甚至害人性命，不仅影响社会稳定，而且严重阻碍社会主义精神文明建设。值得注意的是，有些愚弄人的迷信伎俩，随着形势的变化也在变换新的"包装"。据新闻媒体揭露，有的相面人竟打出"周易研究成果"的"学术化"幌子，还有的用电脑算命来标榜其"先进性"，这就更具欺骗性。

因此，有关部门既要对严重坑害群众的封建迷信活动加大打击力度，还需从根本上进一步提高群众的科学文化素质。80 年前的"五四"新文化运动曾大声疾呼"赛先生"（即科学的普及）。今天，在新形势下发扬这个传统的一个重要方面，就是要大力加强科普宣传，引导人们用科学精神、科学思想和科学方法，解除封建迷信的束缚，摆脱唯心主义宿命论的羁绊。这应当是社会主义精神文明建设的一项紧迫而重要的任务。

（原载《武进日报》1999 年 6 月 22 日）

闲话"吃相"

电视里有关"吃"的广告看得多了，便想到了"吃相"的话题。

"吃"之"相"关系到人的形象，此事体大，所以历来都是"从娃娃抓起"。记得小时候，我的吃相并不佳。吃饭时，父母常要耳提面命，言传身教：坐要规矩，碗要端好，夹菜不要乱拖，饭粒不要掉在桌上，咀嚼时不要发出大声响，否则像猪吃食那样，是很不雅的。这些教诲自然都是小道理。后来读到"颜氏家训"，其中指出，世上人们对孩子常常不能做到既有爱又有教，他们放纵孩子的"饮食行为"，理应责备时反而一笑置之，骄纵的结果是"逮于成长，终为败德"，这才感悟到原来这饮食行为包括"吃相"，也是与"德"有关的。而且大人倘不及时教导，也是一种失职。

大人要叫孩子端正"吃相"，便有个自己的"吃相"是否足以垂范的问题。而大人"吃相"的内涵和外延较孩子的也更丰富些。说来惭愧，大人的有些"吃相"是难以面对孩子的。不是说菜不要乱拖、饭粒不要乱抛吗？这想来有两层意思，一是难看，二是浪费，总之都有失文明。然而有的大人却不作如是观，反而把难看加浪费视为"体面"。报载，某地有家高级餐厅每天要处理掉 1 000 多公斤"泔水"，其中有整块的馒头，整只的鸡和整块的鱼。据说在这样的高档餐厅，吃起来不浪费点是不够"派头"的。还有报道说，有人在菜里放入进口的金箔来吃。这等"吃相"，看来不只孩子难以理解，恐怕连一般的大人也是看不懂的。

令常人看不懂的"吃相"还有种种。譬如，你说了那是明令禁猎的国家保护动物，他偏吃。这叫特别敢吃，还有一种是特别能吃。报载，某县有个村穷得连校舍都盖不起，可是接连两任的村负责人却嗜吃成瘾。村民形容他们的"吃相"是"有人来陪着吃，没人来自己吃；几个人吃，一个人也吃；没有钱赊账吃，嫌村里档次低，赶到镇上吃"。结果仅三年多时间，便吃掉 20 多万元，被人指着脊梁骨叫"吃喝大王"。当然，要改变这类"吃相"，不言而喻，仅靠"家训"之类教育手段是难以奏效的。那"吃喝大王"便因此被免了职。

（原载《武进日报》1999 年 6 月 28 日）

"人微言轻"别议

由于说话人地位、身份的低下而导致其所说的话不被重视，这种现象被称为"人微言轻"。宋朝的苏轼对此种现象曾一再发出感喟，他在一篇"上书"中说："盖人微言轻，理自当尔。"在另一篇中又说："人微言轻，恐不见省。"言辞之间，颇多无奈。但在那个以地位、身份论"价值"的时代，这也是没有办法的事。遗憾的是，时至今日，因人废言的事还时有所闻。不过，既然只是由于"人微"而所言不被重视，可见问题是在"听言"的人。

发生在去年的重庆綦江大桥垮塌事故令国人揪心。此前，一位小学生早发觉了那桥的险情，便在某篇作文中直言，可能将有大祸临头。作文给母亲看了，可是，母亲一句"孩子家不要瞎说"，便赶快让孩子将作文收起，都没敢交给老师。今年4月，四川通江县对一座垮塌公路大桥的残端进行拆除时，一位民工发现有再度垮塌的危险，便找包工头要求立即停止施工，却也被当"耳边风"。两事的结果不幸都被言中，前后付出了数十条人命的惨重代价。斯言之"重"，可谓重于泰山！

按理，谁说的话对、重要，就听谁的。这道理连孩子都极易懂得。然而看似简单的道理做起来却往往未必简单。就说那位母亲，揣度她当时的心态，即使她毫不怀疑孩子的话的极端重要性，但一想到，那大桥乃当地造福于民的"政绩"，当地群众也正以有此"彩虹"之桥而沉浸在幸福之中，作为同样"人微"者的她，能冒此天下之大不韪而让孩子"瞎说"吗？至于那位民工，在包工头看来，他是被雇来干活的，居然提出什么立即停工的"要求"，他有这个权力吗？在如此社会心态的支配下，不听"人微"之言也就不奇怪了。但事情也不尽然。这里，不由得想起去年底有则新华社的题为"幼童一条建议引发百国大会"的消息。3年多前，哈尔滨一名小学生陶原给时任联合国秘书长的加利先生写了一封信，在信上对写有"刀、枪、炮、坦克"等名词的地方都打了"×"，表示不喜欢这些武器，希望人类永远和平安宁。此信由哈尔滨市政府通过有关方面转交了加利先生。加利先生对这一建议深表关注，亲笔回信。3年来，这一建议又得到了多国驻华大使的签名支持。于是，"国际科学与和平周"中国组委会决定举办这次大会……以小学生之"微"，所言得此巨大反响，真可谓"人微言重"了。凡此种种，可见，不因人废言，于社会进步不能说是一无关系的。

（原载《武进日报》1999 年 7 月 19 日）

（注：此稿获江苏省第十届报纸副刊好作品奖）

珍爱童心

　　一个喜爱画画的孩子发挥想象画了一幅画。吃饭时，画纸被妈妈顺手扯过来擦桌子，孩子急得叫起来，妈妈却不以为然地说道："你以为你画的是什么好东西？"孩子眼看着心爱的"作品"进了垃圾篓，流下了伤心的眼泪。

　　这是我们在生活中常见的"小事"。如果说这位妈妈开始的动作是无意的，但后来的态度，却不啻有意的"伤害"，伤了孩子的心。不错，在大人看来，也许孩子的画实在不够水平，连他的伤心也太幼稚可笑了。然而，孩子显然并不这样认为。殊不知，那画上说不定描绘着孩子对周围事物的观察和理解，或者还有某种美好愿望的表达和情趣的抒发。便是如此认真投入，也应该说是可贵的。

　　所有的孩子都不免幼稚可笑。然而，这幼稚可笑却不可一概漠视，因为孩子在成长，家长要细心地透过那幼稚可笑去发现纯真和美好的东西，并加以保护和引导，这对孩子的个性发展和优良品格的形成是十分重要的。这使我想起童年的爱迪生。当得知了"鸡妈妈把鸡蛋放在屁股底下暖和暖和，小鸡便出来了"之后，他便一本正经地也蹲着"孵"起了小鸡。这时候，他的父母并没有笑话和责怪他，而是耐心地帮助儿子认清"失败"的原因。爱迪生之所以能成为大发明家，无疑与他有幸得到这样的早期教育和呵护是分不开的。

人们常说要尊重人、理解人，却往往未必都能意识到孩子也同样需要尊重和理解。其实，在尊重和理解基础上的爱，才是爱的真谛。

（原载《武进日报》1999 年 10 月 14 日）

从陈述直言批评说开去

　　著名电影表演艺术家陈述前不久坦率地批评了当今一些年轻演员的不良风气，特别指出了程×的戏德、艺德、为人道德"三德均差"。这样重量级的直言批评，初闻之下，真有如雷贯耳的感觉。

　　程×在演艺界也是一位有名气的人了。在我的印象之中，对名人似乎是不大好开展批评的，重批评就更难，所以像陈述这样的直言批评，实在难能可贵。老艺术家对年轻演艺人员爱之深、责之严的呵护之心和强烈的社会责任感，令人感佩！说批评名人难，原因很多，主要恐怕有这样两点：一是名人特别爱惜自己的形象和声誉，二是名人一般都是有身价的人，因而弄不好容易会认为批评是往其脸上"抹黑"，是要"损害"其价值。最近《科学时报·今日生活》载文批评著名导演冯××贺岁片的文章，就招至冯导大发雷霆，并提及如果因此影响了影片票房收入谁负责之类的问题。不过该报编辑则认为这是正常的文艺批评，并主张对方写文章进行反批评。

说到开展文艺批评，大概是谁也不会反对的。而要开展得正常，一方面批评者要持之有据、言之成理，另一方面被批评者也要有些肚量。在此，笔者很佩服"综艺大观"主持人周涛的态度。近期，公众对她的批评意见不可谓不尖锐，有的甚至要她"下课"，但她平静地说，对于批评"我已习惯了"。有这样的雅量，其形象、其价值，想来不仅不会受到损伤，反而有望提高。

当习惯于文艺批评的人越来越多时，文艺批评便会越来越正常地开展。这对于进一步繁荣文艺事业和提高演艺人员的素养，无疑大有好处。

（原载《武进日报》1999 年 11 月 8 日）

为"撞福星"捏把汗

电视台举办一些有奖收视之类的活动一来可以助兴，提高收视率，二来可与商家结缘，以收"文商两利"之效，可谓两全其美。不过，开展此类活动，也得掌握一定分寸。最近从屏幕上看到一项"撞福星"的现场报道，便觉得活动似乎还有可探讨之处。那是在晚上的黄金时段，只见电视台主持人敲开居民楼上一户人家的门后，先问："正在看哪个频道？什么电视剧？"居民回答正好是看这家电视台播放的香港电视剧；便又问，喜不喜欢我们的节目？在得到"喜欢""很好的"的回答之后，主持人立即表示祝贺："你们成了我们的福星，可获得某公司赠送的彩电一台。"随即该公司工作人员便抬进了彩电，于是皆大欢喜。但我一边看着节目，一边却不由得暗暗为主持人担心，感到太悬了。不是吗？如今可供选择的频道那么多，"萝卜青菜，各有所爱"，要是那户人家看的并不是该电视台的节目，不就"撞"豁了边？岂不尴尬煞人！那样，还算不算是他们的"福星"？

过后细想起来，对这个"撞"法，不免生出点担忧：一是从电视台来说，本意大概是要让观众参与节目，但从实际情况来看，这纯粹是"天上掉馅饼"，谈不上参与性；二是这个活动事先当然绝对不能打招呼，那么，正当人家夜晚休息之时，有的甚至可能已宽衣躺在床上观看，忽然"撞"将进去，是不是有干扰观众正常生活之嫌？所以，我还是为这样的"撞福星"捏把汗。

（原载《武进日报》1999 年 11 月 26 日）

"开业大愁"

　　两年多前，天津大海肉类制品有限公司在开业庆典上提出一个令人触目惊心的口号，并以对联形式将之挂在企业大门口，道是"今日开业；何时倒闭"，横批为"开业大愁"。企业开业伊始，就"愁"字当头，并言及"倒闭"，似乎大悖于情理，但细细想来实在大有深意。首先，这是为自己树起了一面"警示牌"。事实上，在企业发展的过程中，只有不断地自儆自励，方能有效地防止小有成功便沾沾自喜、停滞不前的状况。其次，从辩证的思想方法来看，办事当"作最坏的打算，向最好处努力"，这就是我们常说的忧患意识。事物的发展是个动态的过程。在当今激烈的市场竞争中，稍有懈怠，企业就可能陷于危机。唯有居安思危，不断进取，才能防患于未然。

　　几年来，该公司的年产值由成立之初的几百万元发展到现在的超亿元。由此观之，这个发展成果不是偶然得来的。

（原载《武进日报》1999 年 12 月 7 日）

唯才是"评"

经市人事局评审，9名乡镇企业家于不久前获得了地方高级专业技术资格证书。这是我市评审出的首批地方高级专业技术人才。

近几年来，我市企业加快改革，在机制创新和科技创新中，一批高素质人才脱颖而出。开展地方高级职称的评审，正顺应了这种发展趋势。这对于加快人才队伍的建设，必将起到积极的推动作用。

从这次评审工作来看，有两个特点引人瞩目。一是9名获得地方高级职称的人员中，有6名来自非公有制企业。这是在人才考评上对非公有制经济平等相待的体现。二是在职称评审中，转变人才观念，按照实事求是的原则，将学历、资历取向调整为业绩取向，不拘一格降人才。这无疑会使更多有真才实学的人受到激励和鼓舞。

市场竞争说到底是人才竞争。开展地方高级职称的评审，对于大力培养和选拔高素质的地方专业人才、促进经济的发展，具有重要的意义。

（原载《武进日报》1999 年 12 月 14 日）

重读《答司马谏议书》

王安石变法是少年时便深深印在我脑际的，而使我具体感受到这位大政治家坚持改革政治魄力的，则是他的《答司马谏议书》。今又重温该文，闪耀其间的锐意革新的思想光芒和一往无前的精神风貌，让我更觉灿烂如炬，足以烛照千秋。

是历史赋予了王安石革新的政治使命。王安石所处的北宋，豪绅地主的势力不断扩张，他们肆意兼并，且拥有种种特权，致使"腴田悉为豪右所占，流民至无所归""天下之财力日以困穷，风俗日以衰坏"。王安石在鄞县（今宁波市鄞州区）、常州等地任地方官的时候，便试行改革措施，所取得的显著效果坚定了他进一步"变天下之弊法"的决心。他一当上参知政事（副宰相，次年升任宰相）就选拔了一批富有朝气、敢于创新的人，设置创立新法机构，从"理财"和"整军"两方面推行了一系列新法，抑制兼并，发展生产，振起国势。

变法大大触动了大地主官僚集团的既得利益，引起了他们激烈的反对。作为官绅保守阶层代表人物的司马光，一方面上表神宗"弹劾"，另一方面接二连三地写信给王安石，肆意诽谤新法，给变法和王安石横加了"侵官、生事、征利、拒谏、致怨"五个方面的"罪名"，并劝诱王安石"改邪归正"。王安石毫不动摇，针锋相对地写了这封复信，对其罗织的罪名，以"名""实"不符，一一加以驳斥。其中对于所谓变法招致"怨谤之多"，更以透彻的政治洞察力指出早在预料之中，并一针见血地分析"怨谤"产生的原因："人习于苟且非一日，士大夫多以不恤国事、同俗自媚于众为善。"在社会风尚尤其是上层风气那样腐败的情形下，要想变法革新，产生"怨谤"是不足为奇的。这封复信虽只短短 300 多字，但包含的政治历史意义是极其深刻的。它是在"积贫积弱"的困境中发出的发奋图强的呼声，是改革家对革新事业义无反顾、矢志不移的宣言，也无异乎是与保守势力进行坚决斗争的檄文。

鲁迅曾满怀激情地把埋头苦干的人、拼命硬干的人、为民请命的人、舍身求法的人，称为"中国的脊梁"。这中国的脊梁，理当包括一切真正的改革家。

（原载《武进日报》1999 年 12 月 14 日）

挤掉水分

日前读到一幅漫画，一座楼上大水漫溢，沿阳台、楼梯滔滔而下，天井里一踩在水中者对另一位解释道：别紧张，楼上在开汇报会！

因"汇报"而"水"淹楼台，自然是漫画的艺术夸张。如今有的地方虚报"水分"的严重程度，也确实令人吃惊。这种欺上瞒下之风，既有害于经济的正常运行，也扰乱了人们的思想，早为广大干部群众所深恶痛绝。近日报载，本溪市政府去年经过5个多月的核查，坚决将1998年全市乡镇企业总产值由上报数94.8亿元，按核查数63.6亿元下调，挤出"水分"31.2亿元，降幅达32.9%。同时据实下调的还有利润总额等6项指标。该市市长说得好："欺上瞒下是一种犯罪，我们宁肯不要所谓的政绩，也要挤掉虚报的'水分'。"

（原载《武进日报》2000年1月16日）

从刘慧芳到方晓遇

　　看电视剧《北京女人》，由女主人公方晓遇自然联想到10年前轰动全国的电视剧《渴望》中的那位"北京女人"刘慧芳。从这两个在不同时代背景下产生的既有共性又有个性的女性形象所折射出的丰富的社会内容，可以鲜明地感受到时代前进的律动。

　　当年的刘慧芳以其忍辱负重、善良高尚、宽容大度和善于理解别人，被誉为中华民族传统美德和人性美的化身，因而得到绝大多数有着从善心理，渴望能在自己周围出现真诚人际关系的观众的由衷欢迎。随着改革开放的深入，人们的生存环境有了重大变化，社会心态和价值观念也随之发生嬗变。如今的这位女主人公方晓遇不仅同样具有传统女性的善良高尚、宽容忍让、善于理解和关爱别人的美德，更在追求新的生活方式的过程中表现出一种自尊自强的新时代女性的风采，激起观众强烈的共鸣。方晓遇的"新"不同于一般的做好人好事式的"完美"，她的"完美"表现在与逆境的搏击中，顽强不息、坚韧不拔地去开拓人生的道路，并从中不断克服自身的弱点和陈旧观念，努力追求人格的"完善"和精神境界的提高。从接受冯骁给她"上课"到一次次地以自己的行动反过来给冯骁以及彭东东"上课"，她以自己的方式去领取企业"许可证"时，宣称"要找回女性人格的尊严"，以及她对红蝶、玲子和单大姐的谅解和帮助，都让人感受到一种发自心灵深处的具有时代特征的动人光彩。

还值得一提的是，与此相适应的是该剧在表现方晓遇生活变化和命运转折的同时，始终着眼于人物性格的变化发展，从而使这一人物形象更具人格魅力和现实的普遍意义。从刘慧芳到方晓遇，我们的电视剧在对当代女性形象的艺术塑造上显示了新的突破。

（原载《武进日报》2000 年 1 月 18 日）

骗术点评

关于行骗的新闻屡有所闻，近又读得数则，可见小觑不得。今对骗术略做点评，以示警惕。

A. 本地某镇农贸市场，一自称峨眉山来的"道人"将一村民拉住，惊呼其儿子今年大难临头，性命交关。见这村民惊愕，便授以"消灾"之法，声称只要花70万元便可化凶为吉。这村民引"道人"回家，取出6万元存款，加上现金共7万多元，正在为难间，"道人"称可以助其将10元变成100元，当即捏弄一番做了演示。又取出一只黑色拎包，叫其将钱放入包中藏进大橱内，嘱其切不可告诉他人，明天便可变成70万元用以消灾。当日下午，这村民方觉不对头，取出看时，7万余元竟成了两只香蕉和一堆废纸。

点评：但凡行骗总会弄点心理战术，专门对付心理脆弱者。此例先用"恐吓法"把人唬住，继而用"解法"将其套住，然后用"障眼法"将其蒙住，其间辅之以"不可告人"

等细节关目，便颇有代表性。骗子的主攻方向当然为钱。其实，最易识破的地方也就在这钱上：倘若钞票果真可以由小变大，则"道人"自可专司"克隆"之职，早就变为百万、亿万以至无穷万之富翁矣。

B. 溧阳村民刘某之妻结识一外地妇女周某，周观其手相后称："你家中地基、门向不好，恐要出事。"适在外打工的刘某患病回家，便请周某上门"作法治病"。周用念经、烧佛图和摆斗等法为刘某"驱邪"，并声称要七七四十九天不食不动，有"小天王"上身即可痊愈。刘某终因延误治疗而咽了气，先后所花"作法"费用1万余元。

点评：此法叫乘人之危，多用于治病之类骗术。骗子利用受骗者有病加迷信的心态，以神道设法。然而其所谓的救人即害人，善心即黑心。骗术最拿人处是"心诚则灵"，而"诚"的集中表现也还是掏钱。作法，掏钱，再作法，再掏钱。病乎？命乎？那就要看你的"额角头"了。

C. 某地，两名外地人向村民某老汉神秘兮兮地掏出一沾满锈迹的金元宝，苦着脸诉说元宝是打工时从墙基下掘得的，共9只，有同时挖出的罐内的藏单为证。因无钱回家，愿贱卖以救急难。

点评：此术与数年前笔者的一位熟人所历如出一辙。同是做出神秘状，同是证明确系出土之宝，同是遇难急用；不同的是，后者称家中来信亲人暴病（后来听说也有说成死了老娘的）。所利用的是人们的同情心和贪小便宜心。不过，这

位老汉没有轻信，后等儿子回来，设法电告了派出所，于是
骗局被彻底戳穿。

（原载《武进日报》2000 年 4 月 11 日）

容纳意见的度量

　　某村原先不富裕，村民怪干部"没能力、没水平，心不放在工作上"。面对这种尖锐意见，村干部们既没有生气，也没有置若罔闻，而是虚心聆听，认真改进，一门心思带领村民致富奔小康。且在很快甩掉薄弱村帽子并取得更大成绩后，继续请村民们对村里的工作进行面对面的评议。村干部如此对待群众的意见、批评，群众热情地称赞他们："真有度量！"

　　我们常说干部要发扬民主作风，要诚恳倾听群众呼声，这是事关团结兴业的大问题。不过，在道理上取得共识似乎并不难，难的是道理要真正落实到行动上。这里，有没有面对群众的勇气和容纳群众意见尤其是尖锐批评的度量，当是一个重要因素。这个度量不仅是一种修养功夫，归根到底，更是真心实意为群众服务的决心的体现。

　　正是这样，上述那个村的干部们才能与群众的心心相通，把群众的冷暖痛痒和愿望放在心间；才能把"群众满意不满意"作为工作是否尽到责任的衡量标准，严格要求自己；也才能以实事求是的科学态度来看待工作中的不足之处。

如此说来，这样的度量就是力量。

（原载《武进日报》2000 年 6 月 20 日）

"横山桥百页"的生意经

听说"横山桥百页"居然"叫响上海餐桌"，着实令人欣喜！而更使我佩服的是横山桥人在市场进击中的善于开动脑筋。

要说百页，上海人天天有得吃，哪个菜市场都能买到，纵然横山桥百页"嫩、鲜、亮"，非常好吃，但关键问题是如何使精明的上海人要吃。要是也照老习惯去促销，在报纸上、电视里做广告，或者派员到居民家门洞里塞传单，显然都不相宜。首闯上海的汤小花自有其独到的思路：她先行试销探路，接着便专门请厨师高手开出百页菜单，讲述烹制方法，让上海餐馆的厨师实行菜肴改革。这一招真是高！一是市场主攻目标瞄得准，让优质百页先进上海餐馆；二是客户的需求心理吃得透，抓住了餐馆对菜肴品种的求新欲望；三是服务配套，考虑周到。一句话，脑子动在了适应市场发展规律的点子上。

如今横山桥百页已走上了产业化生产之路，有的还申报了注册商标并试行了真空包装。善于审时度势，围绕市场发展方向去探索，多一点创新意识，多一点独立思考，这正是小小百页市场越做越大给我们的启示。

（原载《武进日报》2000 年 7 月 5 日）

听话听声

　　听人说话，善听与否，大有学问。当年电影《沙家浜》中阿庆嫂与刁得一智斗，针对刁的故意绕着弯子旁敲侧击，来了个"听话听声，锣鼓听音"，一下子将其用意点破，从而获得主动，这便是在那个特殊斗争情势下"善听"的一个范例。

　　其实，"听话听声"作为一种方法，也并不是阿庆嫂的"专利"，只要有"话中有话，意在话外"这类语言现象存在，此法便有用得着处。只是如何听，抱着什么样的态度去听，得因人因事而有所不同。譬如有关人员听取群众意见，通常情况下，群众提意见，一般是直话直说，不过由于某种原因，也有把话说得转弯抹角的，或说半句留半句的，口虽开而嗫嚅、心欲言而言不尽的，甚至个别还因动了些感情而说话不大中听的。这时候，真正善听者会"听话听声"，力求透过表面，"听"出其真意，细察其心愿。这对于沟通干群关系和搞好工作是大有益处的。人们欢迎和敬重这样的善听者也是理所当然的。前不久，读到一则题为"一封引起市委书记沉思的讽刺信"的报道，其中提到的那位市委书记的善听，便很是令人钦佩。

这篇刊登在今年 6 月 1 日《报刊文摘》头版头条（原载《人民日报》）上的报道说，1996 年 7 月，江苏宿迁市作为一个地级市正式成立，市委书记徐守盛调任不足百天，就收到一封署名"老干部"的来信。信上说："宿迁是新建的地级市，需要提拔任用一大批干部。估计你会收到不少好处，如果收到，请把它捐给敬老院。"这就是标题中所说的讽刺信。这信仅凭主观"估计"和假设的"如果"，就把"矛头"直指书记本人。如果对之采取下面这样两种"听"法，似也并非不可：一是认为其主观武断、言而无据，不妨置之不理；二是书记本人也可以当没有这回事而处之泰然，不予理睬。然而这位听者却没有这样简单从事，反而陷入了沉思。这一沉思，就"听"出了话中有声，即"说明群众对有些干部并不信任"；不仅如此，又循"声"而进，"听"出了群众对改革用人制度的呼声。于是，宿迁市委采取了一系列干部人事制度改革的措施。

如果说阿庆嫂在彼时彼刻的"听话听声"是反映了她过人的机智，那么，这位市委书记的善听则让人深深感受到了一种可贵的明智。这明智里，既包含着磊落坦荡的襟怀、敏于审事的洞察力，也包含着对事业的高度责任心和励精图治的改革精神。

如此看来，这"听话听声"又不仅仅是个方法问题。当然，用得着"听话听声"的也不止于此，譬如要是换个角度看，对于某些过于悦耳的好听话之类的也用得着。这就不用在此赘言了。

（原载《武进日报》2000 年 7 月 25 日、《常州通讯》杂志 2000 年第 8 期）

关爱生命　关怀人生
——《京城闲妇·闲妇闲说》读后

　　初看书名，误以为这是哪家小女子闲对风花雪月、搔首弄姿、自怜自赏、玩弄矫情之作，一翻目录，方知大谬。及至细读，便愈来愈感受到作者"对生命的体悟密切联结着国人当下的生存，对人生的剖析蘸满人性的关怀和怜悯"，因而深深被其打动。

　　作者申力雯，中国作协会员，《北京晚报》专栏作家，出版过小说集、散文随笔等，多次获文学奖，近以"京城闲妇"的独特形象备受关注。这本《闲妇闲说》收录随笔、杂文、散文七十余篇，内容涉及婚姻、爱情、友情、生命等人生和社会生活的方方面面。作者说，现在的人生活得太热闹、太务实，也太功利，是商业利益驱动使然，而所谓"闲妇"便有一种自嘲的意味，其实是一种生存状态，特点就是一个"静"字。她冷静地观察着滚滚红尘中的人来人往，探索着人的灵魂，同时也沉淀了自己，剔除了渣滓，申力雯的闲，不是那种书卷气的闲适，而是气定神闲，是一种清醒，也是一种觉悟。

对生命的思索是本书的一大要旨。作者以医生对生命抱有的虔诚之心，热情赞颂即便在逆境中仍顽强地维护着生命尊严的可贵精神。她把医生给病人看病看作人性的关照。这其实也是现代社会的一个重要课题。作为个体，生命是有限的和不确定的，她提出，要好好"经营生命"。这就需要懂得人生的轨迹，明白必要的追求和必要的放弃。青年要开拓，同时也要学会节俭储蓄，青春经不起挥霍。中年的大忌在于夸张生命。优雅庄严的老去是老年自爱的选择，老年应该是一部精美的书。生命健康的关键是心理平衡，能看破人生虚名浮利的种种诱惑，核心是正确地对待自己、他人和社会。她抨击一个贪污犯的可悲下场，是廉价地拍卖了自己的生命。所有这些，我觉得远不止是一个职业意义上的医者对生命的彻悟。

对于爱情与婚姻，作者以同样独特的语言做了理性的阐释："婚姻是生意。"婚姻最本质的特点就是双方互惠，感情的互惠、互动，快乐与平等。婚姻是平等的交换，而不是交易。一纸沉甸甸的结婚证书是一种庄严的承诺、一种契约。对于社会上出现的一道"款爷小蜜"的畸形景观，她则以犀利的笔锋剖析此类男女的灵魂，并一针见血地指出，凡是以功利目的为基础的性关系，统统可称为卖淫。

此外，该书有相当一部分篇章是散文诗般的怀旧之作，"怀旧是一种温柔的收藏"，在那里收藏的是充满人文关怀的美好心灵。其实，全书每一篇文章作者都是用心灵在写作。这确是一本值得用心去读的书。

（原载《常州晚报》2001 年 3 月 28 日）

绯闻"克里空"

    克里空是苏联卫国战争时期的话剧《前线》中的一位记者的名字，此君擅长写捕风捉影、无中生有的虚假新闻，后"克里空"便成了此类新闻的代名词。制造"克里空"的行为向为新闻界所不齿。如今，我们娱乐圈的"克里空"绯闻却日见火爆起来，其中最具代表性的，当数前不久热炒的名导张××与名模王××的所谓"新恋情"。传之者言之凿凿、津津乐道，当事者尴尬莫名、辟谣否认，一时间闹得沸沸扬扬，真成了"好玩的游戏"。

    记得早有人指出，当今确乎已进入游戏时代。也无怪乎人们真会做戏。既然历史可以戏说，饱含着国恨的歌曲可以戏唱，这明星的恋情自然也可以戏编。据说，这也是为了满足大众娱乐和休闲的需要。在这里，有些媒体的商业意识也真叫人佩服。不仅让明星绯闻的价值得到了充分发挥，连明星绯闻也照样经营得十分走俏。

但稍一转念，这一切似乎并不"好玩"。就说那几位当事者的反应：张××的说法是"太无聊了""被要弄了"，王××也"泪水涌上眼眶"。当然，如果有人定要以此为乐，自然也只好悉听尊便。但要说这就叫大众化的娱乐，我想，倒还不如说是"愚乐"大众更确切些。

人们常说，真实是新闻的生命。娱乐新闻也是新闻，不能一打上娱乐的招牌，只要有卖点，就可以不择手段。我们的娱乐真要发展到靠制造明星绯闻来寻开心，那么，是不是走得太远了？

话又说回来，大千世界无奇不有，出个把"克里空"绯闻，也并不值得大惊小怪。有明星绯闻癖的，让他"癖"去好了，至于有明星欢喜炒绯闻的，也让他欢喜去好了。而真正堪虑的倒是一种氛围、一种风气，这就是无所谓真，无所谓假，一味拿着无聊当有趣。

（原载《武进日报》2001 年 9 月 20 日）

方寸纳世态 瞬间状人情
——笔记小说的艺术创造三题

笔记小说这种文学样式，因其最初以笔记体例出现而得名。今人也有把笔记小说称为古代微型小说的。笔记小说从它的产生和发展历程来看，有它的独特性。它反映的社会生活内容，从人物轶闻到神鬼怪异，都生动有趣，角色勾勒逼真。

优秀的笔记小说，既具有长知识、增见闻、了解历史的认识作用，也可作为启迪思想、体验人生乃至理政安民的良好借鉴；同时，它丰富的写作技巧，艺术创造上的独特成就，使得其文学艺术价值也是不可低估的。这里专就笔记小说的艺术创造问题，据读书所得，略述三题。

精于用事 深于寓意

笔记小说的选材，从内容的侧重点来看，遗闻轶事是一个重要特色。这可以说是笔记小说选材上一个较为独特的视角。以《世说新语》为例，其中写了不少有史可稽的魏晋名士，但无论文官武将，还是文学家、书法家各色人等，少有正面记述其功业成就、艺文建树的，而多录其遗闻轶事。《周处》里的周处，《晋书·周处传》说他任太守及御史中丞等职，颇有政绩。在《世说新语》里，这些没有涉及，而只取带有传奇色彩的杀虎斩蛟轶事，表现他勇于改过自新这一性格侧面。王羲之是古代最负盛名的大书法家之一，在《世说新语》里，《东床坦腹》一文则写他坦腹东床被人选为女婿的趣事。又如，宋朝有个田登，官任南京（今河南商丘）留守，陆游的《老学庵笔记》写田登其人，在他的做官生涯中，只摘取他"自讳其名"一件小事：元宵节"放灯"，因"灯""登"音同，官府出告示，"放灯"只能改称"放火"。小说以笔记为形式，这样选材，内容与形式是一致的。

不过，遗闻轶事并非都有意义（古代笔记小说中也有些是无意义的糟粕），这就必须注意选材的典型性，善于捕捉具有典型意义的事件，经过提炼加工而用之，如此才是"精于用事"。王羲之坦腹东床的故事之所以广为流传，正是因为有趣中包含着王羲之那种不慕豪门、不弄虚作假的品质；田登的"自讳其名"，也从一个社会细微处反映出封建官僚专制的一面。这等事件尽管看似琐屑，但皆因可以于小中见其大，可以"以此推及全体"，即通过个别反映出整体，体现出其用事之精。

当然，有了典型性的题材，要创造出寓意深刻的艺术作品，关键还需在题材的开掘上下功夫。开掘就是对所掌握的生活素材进行艺术加工。其中，情节的典型化处理，即对社会生活作艺术化加工以反映人物形象的过程。主题思想的深化，很大程度上有赖于此。笔记小说在这方面不乏上乘之作。

尺水兴波　巧于营构

笔记小说一般篇幅不大，布局上特别要求单纯和简练，但是小说中的精品往往于单纯中求变化，随意中见精巧。因此，笔记小说格局虽小，仍可以于细微中显示其精美的结构艺术。

1. 起承转合，结构精妙。例如《聊斋志异》中的《狼》，论篇幅只有两百来字，写屠户遇狼（开端）、惧狼（发展）、御狼（进一步发展），最后杀狼（高潮和结局）。起承转合层层相扣，曲折紧张，引人入胜，犹如一个艺术精品。

2. 直承其事，平中见巧。笔记小说的结构并非千篇一律都要讲究起承转合。有的只一人一事，叙事未及展开，即行收束，看似平直，实则平中见巧。比如《世说新语》的《王戎夙慧》的全文："王戎七岁，尝与诸小儿游。看道边李树多子折枝，诸儿竞走取之，唯戎不动。人问之，答曰：'树在道边而多子，此必苦李。'取之，信然。"只一个动作，一句话，缘何可把王戎写活？巧在先把"不动"与"诸儿竞走取之"相对照，然后巧妙地借"人问之"以揭底。一个善思的可爱人物形象便呼之欲出。

3. 曲折蓄势，结尾惊奇。在单纯明快的情节中出现变化，于结尾处陡然发生转折。南宋《绿窗新话》中有一篇《越州女姿色冠代》："唐宣宗时，越守献美人，姿色冠代。上初悦之，忽曰：'明皇以一杨贵妃，天下怨之，我岂敢忘。'召美人，谓曰：'应留汝不得。'左右请放还。上曰：'放还，我必思之。'令饮鸩而死。"皇帝对美女，先是"悦之"，转而"忽曰"，是一折；不忘杨贵妃看来是欲接受教训了，那么理当"放还"，可是却道："放还，我必思之。"又是一折；那么似乎是皇上"情深"了，谁料把美人毒死才罢。结尾陡转，出人意料。全文不到一百字，层层写来，欲抑先扬，曲折蓄势，结尾令人惊奇。文章由此生动而深刻地刻画出了一个好色而残忍的封建帝皇形象。

白描勾勒　绘声绘色

笔记小说语言基调是叙述，不用太多的修饰、形容。融描写于叙述之中，即所谓白描。写人一般不作精雕细刻，而是发挥白描的长处，以勾勒传神，用极俭省的笔墨，创造出惟妙惟肖的人物形象和有声有色的艺术境界。

1. 抓住特征，细节传神。富有特征的细节给形象以生命，如鲁迅所说："以一目传精神。"《世说新语》的《王述性急》，这样写"性急"的王述："王蓝田性急，尝食鸡子，以箸刺之，不得，便大怒，举以掷地。鸡子于地圆转未止，仍下地以屐齿碾之，又不得，瞋甚，复于地取内口中，啮破，即吐之。"仅55个字，从"刺之不得"，"又不得"，到怒极而"内口中，啮破，即吐之"，连续而急促的动作，全是一连串丰富有特征的细节。连那滚到地上的鸡蛋"圆转未止"，都给写活了。形神兼备，正是善写细节之功。当然，细节描写也需大处着眼。老子《道德经》中说，"为大于其细"，用之于细节描写，便是大处着眼、细处落墨。上文吃鸡蛋的动作细节并非琐碎孤立，而是为创造那样一个富有个性、具有一定典型意义的性格服务的。

2. 怪而不谬，夸张传神。夸张是将描述对象有意向地加以放大，使其本质特征更鲜明地凸显出来。寓言式笔记小说多用此法。《笑林》中的《执竿入城》是脍炙人口的佳品。《执竿入城》借夸张手法，只寥寥数语便创造出两个不同类型的愚者形象：执竿者入城时的那"竖执""横执""计无可出"的动作与神态，凸显的是一个不动脑筋的愚蠢者形象；"老父"的"吾非圣人，但见事多矣，何不以锯中截而入"的高论，则活画出一个貌若谦虚，实则自以为是、自作聪明的愚蠢者形象。这便是通过艺术夸张而达到的艺术真实。

3. 内感外化，动态传神。人物的内心世界是其外部行动的依据，外部行动则是其内心世界的具体表现。笔记小说写人物内心变化，多不作静态抒写，而往往在情节的发展中，通过对人物在特定情势和环境中的表情和行动的描写，加以刻画。《阅微草堂笔记》中的《刘东堂言》写"狂生"，开头简要勾出其"性悖妄"的轮廓，接着便把他置于夏夜纳凉的独特环境中，写他"纵意高谈"，辅之以"众畏其唇吻，皆缄口不答"的侧面烘托，造成唯其独尊的情势，突出他"狂"的心态。这心态随着他被焦王相（鬼）辩得理屈词穷而逐步变化，通过外在的"怒问""骇问"及至"跳掷叫号，绕墙寻觅"的情态动作，这人的妄自尊大、心胸狭窄的心理特征和恶劣作风，便生动可感。结束更以"唯闻笑声吃吃，或在木杪，或在檐端"相对照，将狂生恼怒不已而又抓摸不着、无可发泄的心态，刻画得可谓入骨钻髓。

笔记小说是宝贵的民族文化遗产。它丰富的艺术创作手法，影响深远。它的文学价值，值得进一步研究。

（原载《武进文化》1998 年第 5、6、7 三期，

被收入《阳湖撷珠》文选，本书有删节）

新世说小幽默 6 则

哀荣

老农宋老汉过世，"五七"之日，在外地工作的二女三子相约回家，为亡父做"五七"。众人一致认为：仪当隆重为宜。是日，除请佛婆诵经、道士拜忏外，特献豪华型"纸库"种种，——陈列于门前谷场，有三开间二层楼房一座，翘角飞檐，马赛克墙面，客厅厨房卫生间齐全，乃两女敬献；有组合式床柜、桌椅、茶几、沙发及彩电、冰箱、收录机、空调、电话机，乃任某厂厂长之大儿及任某公司经理之二儿恭奉；另有桑塔纳轿车一辆，其大小形状，悉可乱真，个体运输户三儿之孝心也。围观村人无不感动慨叹。至时，佛事、道场进入高潮，正欲举火焚化，老母喜极而悲，不能自已，乃提起纸糊电话筒大恸道："夫君有知，儿女今日已开始懂大孝矣！"言毕，泪流满面。

戒赌

某君嗜赌，入夜，家中常设方城之战，通宵达旦。在小学读书之女大受其害，作业难做，睡觉难安，其苦难言，遂诉诸日记。君偶得而读之，大受感化，发誓洗手，共二十又八天。后津津与友人道："戒赌一月，全仗爱女日记之功。"女一旁较真道："不对，一月还欠两日。"君辩曰："没错，那是二月份。"

（原载《武进文化》1996 年 7 月 8 日）

新注脚

有老教师夫妇俩，感情甚笃，语多谐趣。假日至一商场游观。夫喜为妇购得新款皮鞋一双，祝其生日，妇亦购新袜回报。既归，妇穿鞋三日，有一鞋"豁边"。翌日，夫亦以脚趾从新袜"探头"相告。妇正读《诗经·大雅》，乃应声笑曰："此'投我以桃，报之以李'新注脚也！"

回收

家中旧物渐多，夫屡欲清除，无奈妇不肯割爱。一日，夫下班早归，见楼下有拾荒人过，窃喜可放开手脚矣，乃从一旧草帽"开刀"，又翻出旧汗衫、旧衬衣，从窗口一一抛投之。正畅快间，忽闻楼下妇语声，急趋窗口俯视之，妇正告语拾荒人曰："草帽、汗衫、衬衣均吾家之物，盖今日风大，从阳台吹落也。"遂一一捧回。

（原载《雨花》杂志"新世说"，1994 年第 5 期）

借口

某村办企业有贵客光临，决定以麻将款待。唯陪客人选颇费斟酌，盖有三不妥：村主任、厂长直接出面不妥，无文化无职位者不妥，牌艺太精者亦不妥。

经"排队"，终以村小学校长为最佳人选。遂有请校长，如此这般交代特殊任务。校长面露难色。主任道："又不要你赢，只要你输！望勿再推却。"

校长不悦，归告其妻。

妻道："君不见影视中地下工作者搓麻将乎？乃干革命之手段耳！"校长遂坦然应命。

总结

某单位门卫老丁，忠于职守，从未与总结结缘。年终，领导布置人人撰文总结，为推动此项工作，工会每人每文发奖金五元，长短勿论。老丁闻风而动，伏案三分钟，总结乃成。题曰"认真看门"，文曰："早晨开好门，日里看好门，晚上关好门"。

（原载《常州晚报》1994 年"月季园"副刊幽默小品征文）

院士专访：为"勇挑大梁"增能量

8月9日召开的常州市委十三届四次全会，动员全市上下"勇挑大梁"，奋力推进"532"发展战略，谱写"强富美高"新常州现代化建设新篇章。在此期间，《常州日报》主动作为，推出"扬院士精神 谋创新发展"专栏，刊发对6位常州籍中国科学院院士、中国工程院院士的专访报道。8月7日至9月18日，每周一篇，共6篇。报道通过对院士的生动特写，主题鲜明，具有很强感召力和引导力，为全市广大读者鼓舞斗志，增强能量。

杰出贡献典范 开拓创新标杆

栏目报道的6位院士个个都以毕生精力，在各自的专业领域，不断开拓进取，创造辉煌业绩，报效国家，造福人民。他们是杰出贡献的典范，开拓创新的标杆。

8月7日的首篇《无悔燃烧的人生》介绍我国著名燃气

专家李猷嘉，工作几十年间几乎每一步都在开创先河，填补行业空白，如担任首都国庆工程中的燃气工程设计总负责人，建成我国第一个燃气工程专业，以及担任大中城市燃气化新课题研究，参与负责制订我国能源政策等。2000 年，李猷嘉成为中国燃气业的唯一的一位工程院士。

8 月 14 日的《侯云德：挡住疫情的一座高山》一文讲述侯云德院士的先进事迹。作为中国分子病毒学现代医学生物技术产业、现代传染病防控技术体系的主要奠基人的侯云德，首次揭示了副流感病毒传播规律，开创了我国基因药物先河；他在国际上首次发现大肠杆菌增强子样序列；他在甲流大规模流传前研制出应对疫苗上市，使中国实现了人类历史上首次对流感大流行的成功干预。

报道标题对侯云德的赞语——"挡住疫情的一座高山"，他当之无愧。

读这个栏目的报道，对院士充满敬意的同时，感到学有榜样，行有标杆，精神奋发。

凸显精髓　光大精神

开拓创新是院士精神的精髓。具体而言，体现在几个方面：一是家国情怀，坚定信念；二是勇于担当，不畏艰难；三是追求卓越，敢于超越。这些在每一篇报道之中都有体现。

《无悔燃烧的人生》中，李猷嘉院士回顾往事时这样深情感慨：1953 年，按国家需要改学专业，从事燃气行业，困难非常多，行业对我们来说也太超前，但我搞这一行，从来没有灰心过。因为我知道，这对国家有用。他听闻家乡常州定位为"国际化智造名城，长三角中轴枢纽"，为之感到骄傲，并对家乡建设发展给予厚望。

8月21日的《八年获得制服"法宝" 九旬坚守三尺讲台》记述了中国工程院院士、解放军装甲兵工程学教授臧克茂在61岁时患癌症，一直未公开疾病，5年来为了教学和研究，作出重大贡献。作为保留专家，九旬高龄的他依然不离三尺讲台，精神矍铄，壮怀激烈。

"我有所感事，结在深深肠"，这是9月18日的《一生只为一株苗》中，小麦遗传育种专家、中国工程院院士程顺和以诗言志。他说"无夕不思量"的是田间一株苗，表达了他对遗传育种事业的深情。他少年立下科学报国之壮志，几十年潜心研究，贡献了一系列不同型号的"杨麦"优良品种，解决了世界性难题。

院士们的博大胸襟及所言所行，感人至深，催人奋进。人们常用"第一""唯一"来形容敢为人先、开拓进取的常州精神。院士精神堪称常州精神的杰出代表。《常州日报》设置这个专栏，弘扬院士精神，为"勇挑大梁"助力，既是适时而为的有识之举，也体现了媒体的责任担当。

2022 年 10 月 23 日

第二辑：新闻阅评

　　本辑收录了对《常州日报》《常州晚报》《武进日报》的新闻阅评。参与新闻阅评，始于 2000 年，当时应常州市市委宣传部新闻出版局之聘，后分别应这几家报社之聘，评报撰稿延续至 2021 年。历年所撰稿件刊于《常州新闻出版简报》（"报刊审读报告"）、《现代报业》、《常州新闻界》、《武进报人》等，篇数未及统计。本辑从中择取一二，门外之谈，聊以存念。

加大言论分量　增强舆论引导

——评述《武进日报》近期刊发的言论

　　《武进日报》多年来坚持在多个栏目中编发言论，据粗略统计，仅头版"阳湖论坛"年发稿量便在 120 篇左右，"阳湖副刊"的"湖心亭"和周末版的"二人转"（原为"周末谈"）基本上每周不辍，并以其特色被读者誉为"名牌栏目"。2000年改版后，言论更趋活跃，各类言论栏目增加到十六七个。作为县市级地方党报，如此重视言论的引导作用，实属可贵。从 1999 年 11 月至 2000 年 3 月中旬四个多月所发言论来看，有如下特点：

一、定位较准，体现多样性

　　言论常被人称作报纸的"旗帜"。各种各样的言论需按不同版面的要求，准确定位，各得其所，方能在统一的编辑方针指导下，各显其能，体现其多样性，更好地发挥社会舆论的引导作用。

《武进日报》目前的言论，按版面和刊别来分，大致可分为三大类。

一是要闻、综合新闻和社会生活版的言论。要闻版除"阳湖论坛"和本报评论员文章，还有随报配发的"短评"和"编后话"。近期连续刊发的"谈全市乡镇行政区划调整"的评论员文章和为"田间地头话调整"系列报道配发的系列短评，很是引人瞩目；综合新闻版的"大众话题"，紧扣热点，具有很强的群众参与性；社会生活版的"市井语林"又以贴近百姓生活和一事一议、篇幅短小见长。

二是专刊的言论。除了"阳湖副刊"的"湖心亭"、"教育周刊"的"教育杂谈"，"今日农村周刊"四个版面中设有三个言论专栏，分别是头版的"今日论语"、"乡镇企业"版的"经营论坛"和"农家生活"版的"农家闲话"，为"三农"服务且各有侧重。"阳湖周末专刊"的三档言论专栏，分别是头版的"二人转"、"人生故事"版的"若有所思"（多以类似散文笔调谈论人生感悟）和"文娱茶座"版的"看看议议"，这些专栏均因具有一定的文化品位而赢得了读者青睐。值得一提的是"看看议议"，其中时有影视短评之类言论发表，如《为〈突出重围〉喝彩》《〈黄河绝恋〉的悲剧意识》等，坚持以提高读者的鉴赏能力和审美情趣为己任，在目前常州地区的报纸中较为难得。

三是专版的言论。"读者之声"的"读信随笔",根据来信发表议论,或赞赏新风,或解惑释疑,或规范言行,与读者互通心声。"法与生活"的"法制论坛",针对涉及法制的现实问题进行剖析引导。其他如"科技苑""读书""学习与思考",各专版均有相应的言论栏目。

纵观《武进日报》各版言论,涵盖了政治、经济、思想、文化、法制、科技等方方面面的内容,形成了既活跃多样,又比较和谐统一的格局。

二、有的放矢,增强针对性

针对性是言论之魂,也是言论时代性的体现。言论有了针对性,才有指导性。《武进日报》近阶段的言论,密切关注改革发展动态,紧密结合本地实际,从多方面较好地发挥了舆论引导作用。

首先是紧密结合当前改革的重大举措和中心工作。1999年底,武进区全面开展乡镇行政区划调整,这是政治体制改革的一项重大决策,是一个政策性强、涉及面广、社会影响大的系统工程,既要转变观念,又需掌握稳步实施的方略。报纸与之同步,于1999年11月27日至12月4日连发了5篇评论员文章,就调整的"必然趋势""重大作用""时机把握""精心组织"和"确保平稳过渡"等方面,按照上级决策精神,联系该市实际,系统地作了细致的分析论证,有力地配合宣传了市委、市政府的决策部署,较好地发挥了引导和推动作用。1月28日，武进举行贯彻中央《关于在小学减轻学生过重负担的紧急通知》会议之后，"教育周刊"又及时发表了《从对学生"减负"谈素质教育》和《减负减压不减责》的教育杂谈，"阳湖论坛"也配合发表了有关言论，进一步明确宣传了"减负"的意义和应有的正确认识。

其次是紧密结合农村经济发展。农业产业结构调整正在向纵深发展，针对发展中需要解决的各种新矛盾、新问题及时正确引导，是近阶段言论的突出之处。给"田间地头话调整"系列报道配发的十多篇"短评"，每篇仅百来字，言简意赅，就事论理，画龙点睛，在运用先进典型对调整中的一些热点问题作事实回答的基础上，再给予理论的回答。

对于农村经济发展中其他诸多热点问题，"今日农村周刊"中也发表了不少有见地、有材料、善说理的小言论。诸如《企业要重视"第二次竞争"》(指重视"售后服务")、《树立"双赢"理念》等。

最后是紧密配合精神文明建设。这方面的言论大都结合日常生活，用比较明快的笔调，发表在"农家闲语""市井语林""大众话题"和"读信随笔"等栏目中。有宣传辩证唯物主义和科学精神的《求神不如靠自己》，有在意识形态上澄清模糊观念的《宗教与迷信有别》，有提示应该依法维护消费者权益的《也该斤斤计较》，也有反对赌博之风、呼吁加强精神文明建设的，等等。

三、讲究写法，增加可读性

言论是说理的艺术。提高言论的可读性，就要在思想性和艺术性的有机结合上下功夫。《武进日报》近期的言论，在这方面也有不少可取之处。

一是运用创新思维，求新，求巧，增强吸引力。"明明白白消费"是中国消费者协会确定的 2000 年的主题，《经营者更应该明明白白》视角一换，便见独特。

二是运用真实、具体的材料，增强说服力。五篇谈乡镇行政区划调整的评论员文章，篇篇将道理说得令人信服，一个重要原因就是能够恰当地运用丰富的现实材料，从多方面条分缕析，从而把大道理讲实、讲细、讲透，且没有说教的味道。

三是运用精巧的经过提炼的生活化的语言，增强感染力。这对以农村读者为主要读者对象的报纸而言，尤显重要。《企业要用好"三个镜子"》借用浅显的比喻，回答了企业如何在竞争中立于不败之地的看似难答的问题：用望远镜观看市场变化，用显微镜挑自己的毛病，用放大镜看竞争对手的优点。比喻内涵丰富，把抽象的道理形象化，问题回答得举重若轻，易于激发读者的思考。在言论的标题上，取之于日常用语而平中见俏，这类好标题也为数不少。

言论的活跃离不开作者队伍的建设，希望《武进日报》进一步做好培养言论作者的工作，并加强研讨，刊发更多更好的言论。

（原载《常州新闻出版简报》2000 年第 6 期、收录于《江
苏省报刊审读报告汇编》第 10 集）

"结网新女性"：常规报道出新

今年三八妇女节之际，常州晚报于 3 月 6 日至 4 月 6 日，刊出"结网新女性"7 篇系列报道。从新成立的常州市社会组织中选出 7 名具有较强"结网能力"的带头人，分别讲述她们从事公益事业、长期开展公益活动的"结网故事"，将常规报道做出新意。

视角新，立意新

"编者的话"引用相关研究结论：女性普遍更重视人际情感上的链接，更擅长跨界整合和协调沟通，在社会组织架构和人际关系中，类似蜘蛛网中心节点的角色，这种能力可称为女性的"结网能力"。一个有结网能力的女性可以充分利用这种能力，与各种人物沟通，协调办理各种复杂事务。"结网新女性"从第一篇《顾文琴：为儿童成长播撒"幸福种子"》到第七篇《李敏一个人带动了 1 400 多人做公益》，正是以

"结网"这一新颖视角为报道立意，讲述"结网故事"，让读者饶有兴趣地结识这样一群新女性。

突出特征，凸显特质

通过"结网"公益行动传播爱心是 7 位新女性的共同特征，系列报道突出她们充分发挥"结网能力"，坚持不懈地把公益事业做到极致，凸显她们不同凡响的品格。

《顾文琴：为儿童成长播撒"幸福种子"》讲述了幼教工作者顾文琴从 2003 年起，致力于幼儿早期阅读、亲子阅读并将阅读作为办学特色，经过 12 年努力，成立常州市首个幸福种子亲子阅读中心。中心成立 5 年多来，整合各种资源，在全市范围内，实施了 20 多个公益项目，涉及 10 个社区、15 个公益阅读推广点、32 个公益创投子项目，志愿服务时长达 1 万小时，5 万人次儿童受益。

《王文贤的"心家园"：凝聚爱，播撒爱》（3 月 9 日）讲述了全身被烧伤的财务工作者王文贤靠着亲人和朋友的关爱重新站起来之后，怀着感恩的心重新走向社会，不仅成为心理咨询师，成立心理咨询室，开通咨询热线，成为残障朋友的"知心姐姐"，更于 2015 年创立"心家园"公益助残服务中心。她创新服务模式和服务内容，为残障朋友搭建融入社会的舞台，采取多种形式，带领越来越多的残障朋友一起走上公益之路；她对重度残障者和失独家庭长期进行"一对一"上门心灵关怀服务，从最初的 10 户，到现在的 53 户。

《恽爽：把"博士太太沙龙"延伸到十多个国家》（3月11日）讲述了美国海归博士、现在市政协外事办任职的恽爽的故事。她15年前创办"博士太太沙龙"公益组织，从最初为高知女性搭建互助平台，到面向全社会，不断创新公益项目，持续开展各种公益活动，并积极开展中国式民间外交，为海外留学人士、回国创业人士、在常外籍人士提供文化交流平台。至今年3月，"博士太太沙龙"的影响已延伸到17个国家和地区。

叙事直达人物内心

结网故事在呈现"结网"行动的过程中，注重运用情节、细节，展现人物的心路历程和精神风貌，使人物的公益形象更具感人魅力。

在对王文贤的"心家园"报道中，有2处这样描述王文贤做公益奉献爱心的内心感受：几年时间，她慢慢学会了走路，学会了自己吃饭……她说，"无数次流泪，无数次放弃，但最终还是这样撑过来了。大家对我的关爱让我没有选择，我的生命不属于我个人"。发自肺腑的话，真诚恳切。王文贤第一次上岗当心理咨询师，对方是一位中年女子，她见到王文贤后第一句话就是："王老师，我见到你，就觉得自己的问题都是矫情。"王文贤说："当时看似在做公益，其实也是在疗愈自己。公益中的成就感给我很大的自信，被人需要的满足感，让我觉得自己是个有价值的人。"她就这样在实践中激励自己，内心也强大起来。

《李敏一个人带动了1 400多人做公益》谈到爱益阳光资助对象已扩大到青海海东和玉树、贵州及四川稻城，志愿者队伍已达到1 400多人。此时，李敏动情地说："我个人的力量非常渺小，有生之年，能够带领一批人做一些有意义的事，感觉特别开心。"在回顾11年来受捐助孩子的情形时，报道着重引用李敏的话，表达她们共同坚持的理念，"我们的口号是，励志未来，播撒希望。资助学生不是因为孩子优秀，而是要给每个人机会，为更多孩子带去希望和阳光"。有这样新的理念，令人钦佩。

《常州晚报》的这个系列报道，从"结网"视角报道新女性，是对女性题材的新认知、新开掘。

（原载《现代报业》2021年第2期）

解读：精心用事实说话

——读《全国网围养殖第一湖被"记下""三笔账"后》

《常州日报》10月1日A3要闻版刊发的《全国网围养殖第一湖被"记下""三笔账"后》是一篇引人关注的解释性深度报道。报道对号称"全国网围养殖第一湖"的江苏长荡湖30多年来的巨大变革作了精心解读，用事实说话，有新意，有匠心，有格局，耐人品读。

标题题记，举纲张目

报道的标题简明扼要，开头称"全国网围养殖第一湖"，而不直说湖的本名，显示该湖所发生的事，关系重大；接着说事，把湖事分作两层，一层是被"记"下"三笔账"，"后"为另一层，之"后"怎么样，留下猜想空间，令读者期待。虚实结合，信息含量大，吸引力强。

题记重在立意。"绿水青山就是金山银山的'就是'，怎样才能实现？江苏长荡湖沧桑巨变给人启示。"以设问方式，立意高远，升华主题，长荡湖沧桑巨变的新闻价值，更具普遍意义。题记同时也提示了报道需要解读的重点和核心。

标题和题记，珠联璧合，为正文展开，举纲张目。

叙事结构与凸显主题

报道概括精确、重点突出的叙事结构，对凸显主题起到了重要作用。

全文分上下两篇。上篇着重将长荡湖30多年"湖史"概括为惊心动魄的"三笔账"，第一笔是产出账和收入账，第二笔是少数人和全社会的账，第三笔是"域内"和"域外"账，诠释了网围养殖渔业在增产赚钱的同时，带来了生态环境遭到严重破坏等严重后果，并由此从"教训"角度，佐证主题，其间结合"救湖工程"讲述三轮拆围，并引用权威人士的话指出，长荡湖从"养"到"拆"这个转折，在我国水域保护利用进程中具有标志性意义。

结尾处又有"点睛"之笔，记述记者采访中的发现："一些基层干部和村民对绿水青山和金山银山关系的认识，经历了一个变化过程：早先是要金山银山，不顾绿水青山；后来是既要金山银山，也要绿水青山；现在，已真切感到绿水青山就是金山银山。"人物的思想认识转变使主题更加鲜明。

下篇着重呈现湖里湖外转型，产业走上生态发展新道路。

一是生态渔业，从大型智能化渔场发展成为全国渔业现代化项目典范，到湖周边各镇 20 多家渔场也实现生态养殖；二是生态农业，从农区发展成为江苏常州国家农业科技园核心区，辐射太湖流域多个市县，到湖周边兴起生态畜牧业，并构成长生态链。两大产业均取得巨大经济效益，以此诠释"生产湖"变成"生态湖"后，绿水青山成为当地的"金山银山"。

用事实说话讲究表达艺术

解释性深度报道一般用事实说话，要想取得更好的传播效果，表达艺术至关重要。本篇报道在这方面有出色表现。

首先是数字的运用。报道中数字运用很广泛，也很得当。从惊心动魄"三笔账"中举两例。第一笔产出账和收入账，叙述相关事实经过后，这样归纳列举出数目：30 多年里，从事网围养殖的有关小企业、小作坊纯收入约为 10 亿元，政府收取税费约为 0.3 亿元，而"救湖工程"总投入超过 78.5 亿元！对比强烈，触目惊心。第三笔账"域内"和"域外"账，将算账和发展后果相联系，指出"多年里，长荡湖有 170 多亿立方米受污染的水流入太湖，入水量超 4 个太湖的蓄水量"。接着指出 2007 年，太湖因污染问题导致蓝藻暴发，震惊全国。

其次是情节化和场景描述。如下篇中的发展生态农业部分，开头讲述指前标米的发展历程，情节按时间顺序这样展开：1915 年，该米荣获巴拿马万国博览会金奖，成为中国骄傲；1952 年，水稻亩产增加，向毛主席报喜，之后近几十年由于湖周边地区生态环境遭到破坏，发生米质退化等问题；直到这几年采取各种措施，使指前标米"金奖效应"再次呈现并放大，带动指前镇 2 400 多亩地种植优质水稻，销往北京、上海、杭州等地市场，整段情节起落有致，内容丰富。

再看报道的场景描述，生动而含有深意。如下篇中的发展生态渔业部分，对被称为全国渔业现代化发展项目典范的江苏金坛智能化渔场的几处场景是这样描述的："放眼望去，这些养殖池塘连成一大片，如同蓝天下的大棋盘，远处的村庄仿佛坐落在棋盘上。"可以说，这是对上文介绍的总面积达到 1 100 亩，多达 130 个的又长又宽的养殖池塘的"艺术摄影"。"在养殖池塘里，蟹在池塘底'横行霸道'，鱼在水草间缓缓游动。"还有，当时有人抓来一只蟹，让记者看干净不干净，并感受蟹螯力量大不大，"记者看到螯上绒毛和甲壳都很干净，一根小树枝被蟹螯紧紧夹住，很难拽出"。这些描述从细小侧面，映照出渔场严格按照生态养殖要求从事养殖，给人非常直观的感受。

最后是背景介绍。报道善于运用背景介绍，使新闻解释更清晰，更有深度。如上文提到的上篇结尾处讲到对"绿水青山"与"金山银山"关系的认识转变，村党委书记说到，要说天目湖绿水青山就是金山银山，个个都理解，我们这个湖怎么也是这样呢？报道接着援引天目湖依靠绿水青山发展生态旅游业的事实。这个背景介绍从另一面借事明理，有助于深化认识。又如讲述指前标米的开头，该米荣获巴拿马万国博览会金奖，这个背景介绍不仅表明了指前标米的历史地位，也串联了情节，随后讲到的在发展中"金奖效应"的再次显现和放大，显示了一个道理：昔日的荣耀，有助于今日的发展。值得一提的是，编辑在文后加注："1915 年巴拿马万国博览会的全称是'1915 年首届巴拿马太平洋万国博览会'。我国茅台酒在这届博览会上也获得高等级奖。"细致地加此一笔，渲染了当年获奖的分量，为指前标米添彩，匠心可见，与报道精到大气的整体格局也是融合的。

（原载《现代报业》2021 年第 4 期）

常州"大作为"　争先再出发

——日报"苏锡常一体化发展"报道亮点分析

4月15日至5月5日，《常州日报》围绕常州市党政代表团赴南京、苏州、无锡考察学习及首届苏锡常一体化发展合作峰会召开等重要政务活动，精心策划，主动作为，运用多种形式，优化表达方式，进行大型连续报道。报道求精做深，富有活力，为常州对标争先，推进苏锡常一体化、助力长三角一体化，营造了良好的舆论氛围。

以下从三个方面对报道主动作为的亮点，略作分析。

一、记者观察，对先进经验深度阐释

《常州日报》于4月15日、17日、18日分别以《借鉴先进经验深化交流合作，共同融入长三角一体化发展》《学习经验深化合作，抢抓机遇，以苏锡常一体化支撑长三角一体化

发展》《深化两地合作交流，促进互利共赢发展》为题，对常州市党政代表团赴南京、苏州、无锡考察学习，作实时报道。接着，以"向宁苏锡学习什么"为主题，刊发3篇记者观察：《南京：大手笔见"形"新理念传"神"》（4月20日）、《苏州：让开放为一切工作赋能》（4月21日）、《无锡：在改革浪潮中激发活力》（4月22日），运用事实，缜密精细地对三地先进经验进行深度阐释。

记者观察第一篇的第一部分，阐释南京"创新发展：放大已有优势，集聚更多资源"：首先用南京作为全国重要科研教育基地的事实，说明南京最大的优势就是科教优势。接着具体阐释南京连续3年出台市委一号文件，鼓励大学毕业生创新创业，支持专家教授组建新型研发机构；同时设立28家海外协同创新中心，鼓励、支持更多国际高端机构和高层次人才聚集南京。进而讲述，一所激光技术研究院在各方大力支持下"拎包入驻"南京，7年来已取得了孵化51家与激光相关企业，市值达到50亿元的巨大成效。

对于城市创新发展这样时间跨度较大的内容，运用概述与详述相结合的方法呈现。如记者观察第二篇的第一部分，这样阐释"开放是苏州之魂"：先概述苏州自20世纪90年代起抓住浦东开发开放、中国加入世贸组织等机遇，大力发展外向型经济，一跃成为长三角地区仅次于上海的外向型经济高地。近年来，尤其是党的十八大召开以来，苏州实行更加积极的开放战略，成为全国开放载体数量最密集、功能最优、发展水平最高的城市之一。对于中国和新加坡合作开发的苏州工业园区的经验，则作详细报道。

记者观察深度报道，对深入学习三地先进经验，推进常州高质量发展起到助推作用。

二、配发短评，增进共识激励行动

4月22日，《常州日报》刊发《携手打造新时代区域协调发展新范例，协力推进平等共赢高效苏锡常一体化》，报道首届苏锡常一体化发展合作峰会在苏州召开。与此同时，配发本报评论员短评《共同下好"一盘棋"，常州要有大作为》。

短评从国家战略和区域竞争高度，阐述推进苏锡常一体化发展的重要意义，指出在长三角打造强劲活跃增长极中走在前列，是三市共同的使命担当。作为三市之一的常州，要主动发声、主动对接、主动作为。

短评在标题中，鲜明地提出，在共同下好"一盘棋"中，常州要有"大作为"，这是一个很好的提法。"大作为"三字一目了然，加之简洁的句式，富有感召力，催人奋进。同时对如何"大作为"，也作了扼要提示。

短评虽短，但对增进共识、激励行动，有大作用。

三、设相应栏目，对标争先同心发力

《常州日报》4月24日报道，齐家滨在主持召开宁苏锡考察学习交流座谈会时指出，要把学习考察的好经验、好做法融入工作中去，做好与常州实际相结合的文章，尽快把"想法"变成"做法"；合力推动常州走在高质量发展前列，同心建好五大明星城。当日《常州日报》同步推出"学习宁苏锡，建设明星城"栏目，以记者专访的形式，报道相关部门和地区对标一流、争先进位的谋划和措施，至5月4日共刊出8篇专访。专访紧扣主旨，重心突出，文风平实。标题多用实题，揭示正文主要信息，正文多从考察学习感受入手，或联系本地实际进行对标分析，提出切实可行的措施。

在专访《勇当先行军，跑出加速度》（4月24日）中，市委常委、常州高新区党工委书记周斌深感兄弟城市强力、创新、高效的发展，产生了"等不及""坐不住""要快跑"的紧迫感。他提出，常州高新区在实现对标赶超、推进长江大桥保护、提升园区竞争力、设高铁新城4个方面，要跑出加速度。在专访《全力提升园区平台发展质效》（4月26日）中，副市长、武进区委书记李林作对标分析，虽然武进的园区平台不少，有的层级还很高，但也必须补短板、强特色，全力提升质效，为发展提供更强支撑。他接着提出，要在园区房城融合发展、中以常州创新园建设、提升西太湖规划建设、打造常州数字经济创新园区4个方面，做出新成效。在专访《着重打造4个新经济产业集群》（5月3日）中，天宁区委书记宋建伟表示，天宁的"三新经济"正在夯基础、快集聚、提总量阶段，平台型龙头企业正处于"成长期""上升期"；围绕五大明星城建设，对标先进再出发，下一阶段，天宁将着重打造检验检测认证、工业互联网智能汽车、交通装备、视音频进出口 4 个产业集群。

整个报道，环环相扣，层层深入，立足实践，具有很强的引导力。

（原载《现代报业》2020 年第 2 期）

相同题材　不同视角

——读三家报纸的两组
同题材新闻报道

对于同一个新闻题材，不同的报纸可以有不同的处理方式。分析它们各自的特点，对于交流经验、探讨问题、拓展思路，有一定的好处。这里对《武进日报》《常州日报》和《常州晚报》近期发表的关于 2001 年武进国际经贸洽谈会开幕、新科 DVD 的生产和畅销两组同题材的新闻报道，做分析比较，着重就报道风格、新闻内涵及相关问题作一点探讨，以供参考。

一、从不同的报道风格看突破思维定式

10 月 18 日，2001 年武进国际经贸洽谈会开幕。这是武进区进入 2000 年后第一次举办多领域、综合性大型经贸活动。对此，《武进日报》和《常州日报》于次日、《常州晚报》

于当日，都在头版显要位置进行了报道。三家报纸的相关报道在大主题一致的情况下，同中有异，显出了不同风格。

从报道内容看，《武进日报》和《常州日报》的思路较为接近，均按开幕大会的程序展开，以领导同志的开幕辞作为主体信息。内容主要包括，充分肯定武进区近年来积极实施"经济国际化战略"和坚持把利用外资作为工作重中之重的做法；阐明本次经贸洽谈会对于武进区谋求对外开放新突破、实现新跨越的重要意义；说明洽谈会将通过一系列活动，展示武进丰硕的发展成果、优越的投资条件、良好的精神风貌和积极的合作诚意等。

与两家日报相比，《常州晚报》的报道有几点明显不同：一是篇幅短，仅530字左右，《武进日报》约1 200字，《常州日报》约700字；二是对开幕大会程序的报道进行了适当压缩，没有直接引用领导的开幕辞，而是抓住此次盛会"多领域、综合性"的特色，着重介绍了洽谈会设置的工业展馆、农业展馆、科技与经济对接洽谈厅、投资与合作展厅、台商投资与合作展厅、城区总体规划展馆六个场馆及四项主题活动；三是对有关信息作了分析之后，归纳出本次洽谈会的三个特点，即到会外宾多、科技含量高、招商理念新，三个特点均运用具体材料和数据加以表述，每个特点仅用四五十字，言简意赅，较为精当。

从上述比较可以看出，两家日报的报道，主要遵循会议程式，体现了会议新闻的"通稿"风格。《常州晚报》的报道，没有局限于开幕式的会议程式，在一定程度上有所突破。首先，它是采取了较为独特的新闻视角，突破某种思维定式，抓住洽谈会特点，突出亮点，拓展了报道空间；其次，它用比较活泼的新闻语言，尽可能地让新闻事实凸显出来，把洽谈会的有效信息传达给读者，使读者对这个盛会有较多的了解；最后，它让读者感受到报道所反映出的思维活力。这些做法对于加强报道的新闻性和可读性，具有一定的启发性。

二、从对不同主题的把握看准确提出问题

武进区江苏新科电子集团生产的 DVD 不仅在国内市场占有率遥遥领先，还畅销欧美市场。从今年 9 月起，新科又强势掀起"高品质普及风暴"。对这样一个具有丰富内涵的新闻资源，应加以利用和挖掘，采写出有价值、有深度的新闻报道，这涉及从哪个角度提出问题、如何确立和把握主题等重要方面。《常州日报》和《武进日报》运用各自掌握的相关素材，在提出问题和把握主题上，表现了各自的特色。

《常州日报》9 月 10 日在头版头条刊发的述评式通讯《欧美市场每月出口 DVD 超过 20 万台，国内市场稳坐头把交椅，市场占有率超过 40%，人们不禁要问（引题）新科是如何造市的？（主题）》，抓住新科 DVD 畅销国内外市场的新闻事实，从较新的角度加以提炼，概括出"如何造市"这样一个重要问题，具有典型性，读者关注度高。文章在评述新科 DVD 成为国内外市场"大赢家"的过程中，对发挥技术优势和品牌

优势，以及实现高科技和低成本相结合，创造价格下降的空间等宝贵经验作了细致而深刻的阐述，材料翔实，内容扎实，行文缜密，准确地回答了所提问题，具有很强的启发性和影响力。

《武进日报》于次日（9月11日）在二版发表的报道《瞄准"入世"，未雨绸缪（眉题），新科掀起新一轮家电革命（主题）》，从"一条让人惊喜的消息"（新科新生产的高品质 DVD 将以与世界同步的价格 798 元在全国市场推出）入手，着重从降低价格同"入世"的关系上，表明"新科掀起新一轮家电革命"的主题；并且对常武地区将引发 DVD 新一轮消费高潮作了展望。这篇报道从"入世"的高度提出问题，颇有意义。但这篇报道尚有不足之处，一是由 DVD 降价判断"新科掀起新一轮家电革命"，主题把握似欠准确，"家电革命"语意过宽，报道内容上也缺乏相应的支撑；二是价格问题，笼统地称新科新生产的高品质 DVD 的价格是 798 元，而据《常州日报》的报道，新科 DVD 有三个系列，其中普及型又有 DVD-100、DVD-1000 等型号，仅说"新生产的"，不好理解。新闻报道要善于提出问题，也要准确把握主题。只有这样，新闻才能发挥较强的指导性。

三、从不同的审视高度看挖掘新闻内涵的深度

11 月 15 日，江苏省外经贸厅在常州隆重举行大会表彰新科集团自营出口销售额超亿美元，推广"新科经验"。对

此，《武进日报》《常州日报》和《常州晚报》均作了报道。

《武进日报》于 11 月 19 日和 20 日连续刊发了《新科自营出口率先超亿美元（主题）省外经贸厅向全省推广"新科经验"（副题）》和《新科经验——新科出口创亿美元的启示》。两篇报道不仅在推广经验上，还从为"自营生产企业"和"至今仍在国内市场'单打'的生产企业"提供借鉴的角度，提出了四点启示："科技兴贸是扩大出口的不竭动力"，"市场多元化是扩大出口的必然之路"，"塑造品牌是扩大出口的基础工程"，"注重质量是扩大出口的基本保障"。报道提纲挈领，平实可读，有较强的针对性。《常州晚报》于 11 月 17 日发的消息《世界十大 DVD 制造商（引题）新科占一席（主题）》，虽只百余字，但也颇得要领。

《常州日报》于 11 月 15 日头版发表的主标题为《看新科与"狼"共舞》的述评性通讯，与《武进日报》的报道缘于同一新闻素材，但内容迥异。这篇报道的独特之处，首先在于它站得更高、角度更新，把新科经验不仅放在如何"出口"这个"平面"上，更是置于与国际市场竞争的大背景下加以审视，从而巧妙地把视角聚焦在"与'狼'共舞"这个最具新闻敏感性的热点上，更为准确地捕捉到了新科经验的本质。其次是立意更深，报道的三个部分，从新科的"新、大、强"的发展过程，概括出"与'狼'为伍"（学习"狼"的经验，使自己也变成"狼"）、"与'狼'共舞"（充分发挥企业的比较优势，及时调头向外在出口市场取得巨大成功），由此更推进一层，至"与'狼'较劲"（进一步发挥现代企业优势，与世界真正接轨）的发展经验。在更高层面上，阐发了新科经验的普遍意义，增强了报道的新闻价值。在这里，一连串比喻运用精巧，赋予了经济报道鲜活的形象和美感，也使得新闻所要传达的深刻理念变得更为明晰，读者容易感知而产生共鸣。

值得一提的是，这篇报道的时效性特别强。时效性是新闻价值的重要因素，省外经贸厅召开的表彰会在 11 月 15 日举行，而《看新科与"狼"共舞》即于当日见报。《常州日报》之所以有如此强烈的新闻敏感度，与其对所报道对象的密切关注和平时的积累，并进行深入的思考分析是分不开的。

新闻报道需要创新，创新需要发现，包括视角的发现。希望上述报道的分析比较，能为报刊社提供可资借鉴的经验，从而写出更多富有新意，具有独特视角的新闻报道。

（原载《常州新闻出版简报》2001 年 12 月 27 日）

提升明星新闻的文化品味

——从《常州晚报》"追星悲剧"报道说开去

一、病态的追星与理性的报道

《常州晚报》3月29日"文化娱乐·综艺"版以《从兰州到香港狂追刘德华 女歌迷老父自杀》为题，报道了女歌迷杨××追星导致家破人亡的惨剧。该版同时刊登的《粉丝疯狂举动层出不穷 众明星难以招架》，讲述了种种疯狂追星的典型事例。

如何面对愈演愈烈的疯狂追星行为，《常州晚报》没有停留在对追星者失态行为的客观展现，而是以十分负责任的态度和胆识，在"常州新闻·民声网上聊"版面，就杨××事件展开了"网友讨论"，进行"网友会诊"，由表及里，由此及彼，作深刻的"病理分析"，指出"从根本上来说，媒体、家庭、社会三方都有责任"，其中不乏对媒体自身的反思，认为"媒体没有真正地把握住自身的舆论导向，热衷于对明星们的肆意炒作，无限放大明星们的社会影响力和风光度"，"媒体为了所谓眼球效应拿出更多的时间和版面去关注明星的身边琐事，从而对缺乏判断力的年轻人产生了误导，所以要遏止追星现象必须从媒体做起，把娱乐新闻真正做成文化新闻"。4月5日，"文化娱乐·综艺"版又刊登续闻:《"疯狂粉丝"事件还在疯狂——媒体为杨××追星掏腰包》，并配发言论《"发疯"的不仅仅是杨××》，深刻揭露一些缺乏社会责任心的媒体，为了追求自己的"独家新闻"，不惜将杨××母女当作自己的新闻道具，本末倒置，推波助澜。

这些报道深含真知灼见，闪耀着理性思维的锋芒，对端正娱乐新闻的方向，具有积极意义。

二、抓住契机，进一步调整文化娱乐新闻的价值取向

《常州晚报》的文化娱乐新闻特别是明星新闻，在重视导向性上有所改进，如3月15日就重点刊登了《资深经纪人怒斥娱乐圈陋习》和《人大代表陈思思呼吁净化娱乐圈：别让丑闻成炒作手段》。对于明星婚恋之类的热门话题，在内容选择和版面制作上，也时有感情真挚、内涵较为丰富的报道作为主打新闻推出，如《周涛：再婚后，我找到了幸福》(2月12日)、《宋丹丹首谈再婚生活》(3月11日)。而3月10日

的《揭秘张艺谋的青年时代》，则让读者看到了这位著名导演吸吮着黄土文化的乳汁而成长的坚实步伐。这些明星报道都在一定程度上体现出了较好的文化品味。

尤为可喜的是，晚报抓住反思杨××事件这个契机，进一步调整明星新闻的价值取向，从接着数天的一些重头报道可以看出，对精神层面的正面渲染更为突出、更具亮色。4月2日的《宋丹丹细说男搭档》，从《幸福深处》摘登的三则与其合作过的男搭档的趣事（"黄宏：改变我命运的人""本山：不学有术的喜剧天才""小潘：纯真随性的'腕儿'"），反映出明星之间事业上的真诚合作。纯真得近乎天真的友情，以及醉心艺术创造的精神，是何等的生动鲜活，何等的深刻感人。而4月3日的《靠实力不靠绯闻 余男心安理得》这一旗帜鲜明的宣告，可以说是对明星圈内沸沸扬扬、纠缠不休的某种现象的"拨乱反正"。

这些连续推出的令人耳目一新的报道，既展现了明星新闻的新境界，也昭示着晚报文化娱乐新闻融娱乐性、趣味性及导向性为一体的价值取向的新追求。

三、几点建议

1. 引导读者把握追星的正常角度。追星本是一种正常现象。3月31日"文化娱乐·星闻"版《"妈妈级粉丝"非何炅不嫁》报道中，何炅的经纪人刘琼说得好："追星比较正常的角度，是欣赏明星在不同领域优于常人的才能。"演艺明星是创造艺术美的人，他们用艺术和创造艺术之美来打动和感染受众，给人以审美的愉悦和情致的陶冶，这也是明星新闻的一大主旨。加强这方面的报道，引导读者尤其是青少年，提高他们对艺术的欣赏能力和审美水平，应该是明星新闻的题中应有之义。

2. 培养读者判断和反思的能力。我们的娱乐圈主流是好的，但也有其复杂的一面。媒体传播的娱乐信息也并不都是正确的、健康的、有用的。杨××事件中有些无良媒体的表现就是个典型。通过正确的报道来培养读者尤其是青少年的判断和反思的能力，也是娱乐新闻的一个重要使命。《常州晚报》的做法，很是值得称道。在今后的娱乐报道中，采取适当的方法坚持下去，读者是会欢迎的。

3. 警惕明星新闻的低俗化传播。娱乐文化是通俗的大众文化，娱乐信息的传播可以通俗，但不能媚俗。有三类娱乐新闻应警惕，要慎重对待：一是对事实一会儿肯定、一会儿否定或捕风捉影的八卦新闻；二是怀着不良目的肆意炒作的新闻；三是虽有其事，却谈不上有什么意思的无聊新闻。

（原载《新闻评说》2007 年第 12 期）

着力开掘新闻的源头活水

——评《常州日报》要闻新开 栏目"来自现场"的报道

《常州日报》要闻版依托新开栏目"来自现场",深入开掘新闻的源头活水,革新报道内容和报道方法。从开栏以来的新闻实践来看,效果良好,凸显出以下亮点。

政务报道增添新光彩

"来自现场"把改进以重要会议、领导活动为主体的政务报道作为首要目标,栏目的开篇之作是刊登在 A1 版头条的通讯《30 里寒风水路——范燕青轻车简从察看"常州水"》,甫一见到标题,便觉得眼前一亮。报道随着市委书记范燕青寒风水路 30 里行踪,一路写来,点面结合,信息翔实,在展现武进区水环境整治历经三个月努力取得可喜成果的同时,也让读者真切地感受到领导深入现场、脚踏实地的工作状态和精神风貌。紧接着这篇通讯还登了范燕青在实地察看结束后，为继续打好水环境整治漂亮仗，主持召开七个辖市（区）党政主要负责人座谈会的消息。两稿组合，增强了新闻性，突破了一般工作报道模式，提升了新闻价值。

常州召开"两会"期间刊发的现场报道《面对面倾听　心贴心交流——范燕青、王伟成等市领导到近 20 个政协委员讨论组听取意见》，尽管是新闻的"规定动作"，报道却突出人物行动，现场感强，感情色彩浓，增强了可读性。

精心开掘重要会议和领导活动蕴含的新闻资源，政务报道具有宽广的新闻创新空间。

小特写活化大主题

以精、短见长的小特写，是"来自现场"栏目给要闻版增添新鲜活力的另一个亮点。小特写的篇幅长不逾千字，短则五六百字，记事写人，活泼灵动，在要闻版现身，给人有"闪亮登场"之感。小特写的独特的新闻价值更在于内涵丰富，小中见大，以小镜头凸显大主题。

常州快速公交一号线于今年元旦正式开通，次日《常州日报》A1 版以《快速公交一号线正式开通》为主标题，报道了隆重的通车仪式。同时，"来自现场"刊出了小特写《头班车》，报道以市民感受的视角，用速写手法，记录了市民和市长王伟成等市领导同乘"头班车"的生动情景和美好感受。

同样，对"暴雪压龙城，全民抗雪灾"的壮举，1 月 31

日 A1 版"来自现场"的反映溧阳市民政局局长等率领民政干部深入农村查核灾情、慰问灾民的人物报道《越过齐膝雪路——进村救灾记》，也以生动的小特写，凸显了"政府作为，力显以人为本"的大主题。

文字生动可读

报道内容故事化、场景化。《100 多人展身手 2 000 多人去参观》写餐饮业成果展和烹饪大赛时，是这样展开的：序幕——昨天凌晨；开场——早晨七点半；高潮——上午九点半；待续——明天、后天……读报道如看戏剧演出，很有味道。

文风朴实，含义丰富。《头班车》这样写市民和市领导的关系："他们看到车上有面孔熟悉的市领导，还热情地打起了招呼"，"赶来的市民乐呵呵地对王市长说……"，"市长王伟成为一位小乘客找了一个舒适的座位"。朴素、平实，波澜不惊，领导、市民之间的亲和关系自然流露，溢于言表。

（原载《现代报业》2008 年第 3 期）

长歌当哭　大爱无疆

——读《常州日报》《常州晚报》副刊的抗震救灾主题诗

汶川大地震后，抗震救灾，众志成城，感天动地，与此同时，也迅速出现了大量以抗震救灾为主题的诗。这些在灾难之中创作的诗歌，动人心魄，为我们筑起了一道坚不可摧的精神长城。连日来，《常州日报》《常州晚报》在相关副刊上及时组织刊登了一系列以抗震救灾为主题的诗，《日报》的"文笔塔"于5月24日、5月31日以《献我诗心　礼赞生命》为总题目分别刊出两个专版，加上随后发表的诗篇，至6月7日共刊发20多首诗；《晚报》在"毗陵驿"和"网祭"版刊发的相关诗也有16首。两报所刊诗篇，除少数外稿，大多为本市作者所作。这些诗以炽热的思想感情和较强的艺术感染力，引起读者强烈共鸣。

一、与人民同悲欢、与民族共命运的赤诚诗心

突如其来的大地震，使千万个生命转瞬消逝，中华大地，举国同悲，也给常州市民带来了心灵的震撼。一首首泣血的诗篇，那热切的感受、感触、感悟，处处渗透着大灾中的大悲、大爱。《我要用双手刨》（5月24日"文笔塔"）这样表达对受灾同胞的深情："你的疼／我的痛／你的血／我的泪／你的悲／我的恸／同胞／我血肉相连的同胞。"在《汶川，不哭》（5月21日"毗陵驿"）里，这样激励汶川："我坚信，悲怆和哭泣，从来不是这个世界给我们的唯一馈赠，穿越疼痛，牵手，坚持，向前。"在另一首诗里，我们更读到和听到常州这样对汶川倾谈："我站在长江边眺望你，你的伤痛让我心碎。""看着你在废墟中缓缓站起，我们不离不弃、永远相随！""让整个世界为我们见证吧，山可以动摇，地可以崩溃，中国的脊梁，永远砸不弯，震不碎！你看见了吗——今夜，我们都站在你的身边，常州，今夜无人入睡！"（《今夜，常州无人入睡》，5月31日"毗陵驿"）从这首诗里，读者不仅感受到了撕心裂肺的痛、血浓于水的情，更有铁肩担道义般的责任感。

有些诗把奋勇抗灾与民族、国家的命运联系起来，在热血沸腾的诗行里，渗透着深沉的思索，视野更开阔，境界更高远。如《震撼·无眠》《壮哉！坚强的中国》《多难兴邦》

（5月24日、31日"文笔塔"）。这些诗篇有力地告诉我们，从苦难深处走来的民族，是不可战胜的强者，灾难中凝聚大爱的力量，无比坚强。

二、彰显人本精神、人性光辉的诗意

此次特大地震的新闻报道，有个重大突破，那就是在观念引导上，从报道事件转向了报道人性，报道人性的光辉，体现人本精神。报纸副刊是新闻的延续和深化。《常州日报》《常州晚报》副刊发表的抗震救灾相关主题的诗，突出地彰显了抗震救灾中的人本精神和人性光辉。

这里有体现灾难中奋勇救援的责任担当，如歌赞写下遗书的首批15名伞兵从4 999米高空降落震中救援现场的《感动书》（5月23日"文笔塔"）；有充满着对逝者的尊重和对灾民的慰藉的，如《致遇难者》《让教科书陪伴你》（5月31日"文笔塔"），《让世界少一份撕心的痛》（5月24日"毗陵驿"）；有写亲情里博大母爱的，如《仰望母亲》《母亲的短信》（5月21日"毗陵驿"）；有写危急中无畏牺牲的不朽师魂的，如《汶川师魂》《谭老师的姿势》（5月24日"文笔塔"）。

在两报副刊的抗震救灾主题诗中，我们还读到了反映国家领导人在大灾来临之后亲临抗震救灾现场指挥、亲切慰问灾民的诗篇，如5月31日"文笔塔"的《小草在歌唱》。诗中热烈表现了国家领导人重视人民安危、关心百姓祸福的情怀，闪烁着以人为本的人性光辉。

三、艺术性与现实性有机结合的动人魅力

两报副刊的抗震救灾主题诗，尽管多为急就之作，但不少作品较好地体现了艺术性与现实性的有机结合，因而增强了吸引力和感染力。诗篇在艺术构思、语言运用和意境创造等方面多有可圈可点之处，在此略举数例。

如《震撼·无眠》这样写大地震带来的震撼："生命总是精彩，因而总是历险"，"二万五千里的远征，曾经闯荡出史诗中的一个个驿站……此时此刻此地又惊心动魄，惊动了全球每一根经线和纬线！""震撼，将无数生命一瞬间摧毁；震撼，让生命之歌倍受礼赞。"从大灾难与生命关系的角度聚焦，将历史与现实进行观照，构思独特，语言精湛，气魄豪迈，给读者带来了心灵的震撼。

又如这首诗中这样写救灾中救援人员抢救生命、创造奇迹："奇迹挽回多少生命，因为有生命与生命的热切恳谈。生命创造多少奇迹啊，因为有心灵与心灵的深切呼唤。"把创造生命奇迹的抢救，形容为"生命与生命的热切恳谈，心灵与心灵的深切呼唤"，独到的语言，独特的意境，丰厚的内涵，给人以无穷的回味。

又如《国祭》（5月30日"文笔塔"）是这样开头的："5月19日/举国哀悼/民意与生命被亿万人/以低首的方式高高托举。"短短的四行，用语精粹，形象鲜明，

寓意深刻。

（原载《现代报业》2008 年第 6 期）

汶川大地震抗震救灾现场图

引导，贵在"关键时"

——评析《常州日报》"对话两代企业家"系列

一个很合时宜的报道

7 月 23 日至 8 月 11 日，《常州日报》在 A 版显要位置连续刊出"对话两代企业家"系列，共 7 篇。

这是一个很合时宜的报道。

"对话"系列"编者按"指出，"起步于改革开放之初的常州民营企业，在走过了近 30 年的风雨历程之后，很多第一代企业家已临近退休，不少企业正进入新老交替的关键时期。企业家如何把接力棒交给下一代，已远非私事和家事，而是事关经济发展及社会和谐的大事"。

8 月 16 日新华社消息称："江苏将用两年时间在全省培养 1 000 名民营企业后备人才，引领民营经济新一轮发展。"

此举显示，民营经济正面临新一轮发展的关键时期。

正是在这样两个"关键时"，《常州日报》抓住企业传承这个重要命题进行探讨，以担当媒体引导之责。新闻媒体能如此踏准时代前进节拍，值得刮目相看。

让读者易读爱看

新闻首先要让读者易读爱看，好的内容才能发挥作用。这就离不开合适的表现形式和表达方法。在这一点上，"对话"颇为讲究。

每篇"对话"由三部分组成。首先是"人物形象"，介绍"对话"相关的父子企业家，这是读者一上来就想知道的。用语也极简练，有的甚至仅一两句话。接下来是简短的导语。然后是主体部分，进入"对话"。对话按内容用小标题提示，避免通篇"问答"到底。整篇不紧不慢，简洁明快，读来自然流畅。

富有个性的历史审视

此系列的7篇"对话"，每篇都围绕着两代企业家新老交替的中心话题，贯穿着传承、创业、创新的主线、主题，其中有独特的体验和经验，有独到的思考和感悟。整个"对话"系列，渗透着富有个性的历史审视。

《从打工到承包到掌舵》（"对话"之一）反映了一位创业者（父亲）通过精心规划，让接班人（儿子）长期历练，以将其培养成合格的、优秀的企业家。

《交接班：成为企业二次创业的绝佳契机》（"对话"之二）用具体实践诠释了交接班传承的内涵。

《创富的核心不是金钱》（"对话"之三）回答了让企业代代相传的核心问题——创业精神的传承和支撑，并指出这是个难题。

《不变的是认人、用人，变的是开拓新领域》（"对话"之四）提出要注意管理和培育、发挥团队力量等隐性资产的传承，这是创业精神传承的一个重要方面。

《人是"逼"出来的》（"对话"之五）通过交接班的矛盾冲突，讲述了企业在新的思路下走出困局，迈向二次创业的春天的故事。

《是否打算引进职业经理人》（"对话"之六）通过父子俩的磨合和巧妙组合，实行优势互补，携手创业创新，并进而提出家族企业的发展走向问题。

《听到改换产业门类儿子才立即回国》（"对话"之七）直接从创新角度立意，通过一个转型创新的典型，把"对话"系列的主旨引向更新、更高的层面。

如此，新闻的针对性、深刻性、普适性和引导力都在其中。

让事实说话，让情景对话

"对话"系列的表现形式尽管是对话，却并不枯燥，而是血肉丰满的。这与写作者善于让事实说话、让情景说话，是分不开的。这里举一个让情景说话的例子。在《创富的核心不是金钱》中，在回答父辈的勤奋、不懈的创业精神对事业发展的深刻影响时，有一段接班人回忆当年到一家国有大企业"跑推销"的情景描述："下功夫在企业外面等，等几个小时才换回几分钟的谈话机会。当时那种想进去、未进去、刚进去的尴尬感觉，我现在都记得。好不容易跑来的订单，也都是我亲自连夜押送的，绝不能因为晚点，丢了客户。"这样的情景描述，生动而有感染力。

历史地看，辩证地看

"对话"的每一篇后面，都紧贴着一则"昨晚快评"。快评言简意赅，不乏点睛妙笔，或凸显观点，或升华理念。尤其善于历史地看问题、辩证地看问题，给人启迪。

《是否打算引进职业经理人》（"对话"之六）最后提到了如今业已进入快速上升通道的民营企业是否打算引进职业经理人管理企业和子承父业的家族企业是否落伍两个问题，其实就是民营企业的发展走向问题。对此，快评《要看在哪个历史阶段》在"对话"观点的基础上，首先明确企业选择组织形式的原则，只能由效率来定夺，而不能取决于所谓的现代，或者什么潮流。接着联系本地民营企业实际，肯定家族制仍不失为有效的组织形式，并列举了"至少在目前看来"家族制所具有的诸多组织优势。随后，快评有针对性地指出，家族企业也不能漠视其他组织形式的优势，尤其不能将亲情置于制度之上，而这恰恰是诸多家族企业最后失败的根源。快评以科学的思想方法、周密的表达，显示了很强的说服力和引导力。

（原载《现代报业》2009 年第 8 期）

新闻的灵气

　　读者爱读有灵气的新闻，因其内容新颖，表现手法独到，特别富有创意。有灵气的新闻体现出一张报纸的活力。如何从寻常之处把新闻做出灵气，做得精彩，是个重要课题。去年11月《常州晚报》改版之际，我曾就此撰文品析。今日再品，希望媒体能得到更多启迪。

一、从会议中挖出的"破格"新闻

　　3月12日，《常州晚报》A6版刊登报道《名叫"认真"的网友请注意：被你"骂"过的环保局局长正在找你，因为"骂"得对，他们想奖你3 000元》。这篇新闻缘于当时召开的信访与执法工作会议介绍的这样一个典型案例：在2009年，北塘河、三山港、革新河经过大力整治，面貌得到改善，而这三条河的整治，都与一个叫"认真"的网友相关。去年7月，网友"认真"通过论坛发帖反映，三山港河水受污染发黄，味道难闻，北塘河三河口段还有黄水排放。帖中用词激烈，矛头直指生态环境部。报道发出4天后的3月16日，A3版又刊发续闻《"骂"环保局局长的网友"认真"现身了。环保局局长周斌说，今后，只要市民反映的问题被查实，奖励不是问题》。文中介绍了环保局局长"闻骂"的第二天，就带领工作人员从水路沿河一路巡查，查实后又立即采取了一系列治理措施，反映了作为公职人员的职能部门领导人，对工作高度负责、诚信服务、讲求效率、善于听取市民意见的思想境界和工作作风。同时也反映了这位因"吃北塘河水长大"而对之情有独钟的市民主动参与环境保护的积极态度和可贵的"认真"精神。

报道以新奇的手法，从"找人"和"现身"入手，由浅入深，体现了深刻的主题。

二、一个特殊的"报料"新闻

报道《不打招呼，不交房租，两个"房客"擅自续租；生儿育女，房东好心，这对"房客"住得放心，去年生3个，今年一口气生了5个》刊登在5月11日A7"城事·报料"版上。"房客"乃一对野生八哥。三幅美图，一篇短文，讲的是这一对野生八哥，"住"在文亨花苑戴女士家阳台上长着天竺枝的大花盆里，在主人的礼遇下，去年春天来了又去，今年春天去了又来，两度生儿育女的有趣故事。这一段是八哥喂食图的文字说明："虽然可以白吃白喝白住，但'房客'们也很自觉，尽量不麻烦房东，自己动手，丰衣足食。"这一段是5只小八哥窝在一起安然入睡时的文字说明，表达的是小家伙们的"心声"："一出生就遇到好人，住上'豪宅'，睡觉睡到自然醒，想吃什么有什么，我们是八哥界的'富二代'。"幽默的语言，和谐的气氛，丰富的内涵，读来温馨快意，回味无穷。新闻创新，真无止境。

三、瞬间精彩的智慧

图片新闻是《常州晚报》导读版的视觉中心。图片新闻的精彩瞬间不时闪烁着智慧的灵光。

A."倒立鸟" 开心鸟

这是3月12日的图片新闻。图像是这样的别开生面：阳光明媚，春意盎然，嫩绿色的柳丝中，一只白头翁在柳枝上品尝着刚抽出的嫩芽，吃着吃着，竟然肚皮朝天，玩起了"倒立"。别致的标题，是何等的传神："倒立鸟" 开心鸟。可爱的小鸟，开心地沉浸在盎然的春意之中！鸟之开心，实乃人之开心，这个"开心"，相信会在所有读者的心中荡漾开来。而这一切，无疑得之于记者独具的慧眼和慧心。

"倒立鸟" 开心鸟

B. "太阳雪"

这是 3 月 10 日的图片新闻。昨日一场不小的春雪普降龙城大地，给人们带来不小的惊奇。图像中，一个拉着奶奶走在街上的幼童，欣喜地仰脸张大嘴巴接着雪花，他要尝一尝这个太阳雪到底是什么味道。太阳雪奇观巧妙地透过幼童的可爱稚气被折射出来，使读者平添了一种新奇、美妙和喜悦的感受。这件新闻作品便显示出独特的艺术魅力。

C. 一场快乐的"世界大战"

这是 3 月 14 日的图片新闻。就读于本市几所中学的外国学生，和从南京赶来聚会的同学一起到红梅公园游玩，并为其中 2 位举办了一场热闹的生日派对。当蛋糕吃到差不多时，抹奶油"大战"爆发了。占了大部分版面的一组 8 幅图像生动地记录了这一欢乐情景。值得称道的是，作品所表达的并不限于此，而是抓住了这是由美国、俄罗斯、德国、意大利、匈牙利、泰国、哈萨克斯坦等众多不同国籍的学生参与的特点，故而别出心裁地喻指其为一场快乐的"世界大战"，并且在标题中径直指出：美、俄、德、意、匈、泰、哈都"卷"进来了。看似不经意的一笔，却在幽默中赋予了这个图片新闻更为深刻的意蕴。这也正是记者的机敏和睿智之处。

四、"民工二代"报道出新意

常州的"新生代"农民工越来越多了。晚报对此的报道，从内容到方法，颇见独家特色。继 3 月 1 日的《"新生代"上场了》之后，3 月 22 日又以 A8、A9、A10 三个版面推出了《"新生代"印象记》。选择本市一家企业总人数 3 000 多人中"新生代"农民工占约 85% 的常州艾贝服饰公司进行专访，运用主要新闻人物自述、一日跟踪随访、两代农民工对比、企业干部谈"新生代"农民工等方式，从不同角度，展现了个性鲜明的"新生代"农民工们对工作、生活的种种感受，以及他们的爱好和向往，并对"新生代"农民工的特征作了概括，给读者留下了深刻印象。

《常州晚报》对"新生代"农民工的报道，并没有回避需要关注的问题。3 月 30 日 A5 版"心理咨询室"栏目，讲述了《两个"民工二代"异变的故事》："彩票一买 3 000 元，梦想成为亿万富翁"，"梦想选秀一夜成名，嫌做车工又脏又苦"。接下来，对于故事中反映的"民工二代"发生异变的原因，以及与父辈产生的矛盾，心理咨询师从两代人的生活背景、工作态度、挣钱理念等方面作了比较分析，并提出了农民工在教育子女方面的问题。报道很具现实意义。

《常州晚报》对"新生代"农民工的以上报道，之所以富有新意，是因为有两点独到之处：一是通过恰当的个例（新闻事实）来反映整体（群体）；二是从整体（群体）的高度来表现个例。两者有机结合，生动可读，体现了较高的新闻价值。

五、读书日"特色书店推荐"有特色

"4·23 世界读书日"的 4 天前，4 月 19 日，《常州晚报》用 4 个版面，"以 10 大类别共 19 家特色书店推荐，献给爱逛书店、坚守读书、享受阅读的读者朋友们"。

这个"特色书店推荐"，别具一格，很有特色。占整个一版的总标题"今天你读了吗"，既显示了推荐的隆重，也表示了对读者的尊重。选择的 19 家样本（书店）的推荐人大多从读者中来，无疑是最熟悉该书店的特色的。而这个"特色书店推荐"的最大特色，我觉得是可以把一篇篇推荐介绍，看作发散着书香、洋溢着人文情怀的鲜活新闻来读。介绍的是书店，读者在获得购书相关信息的同时，也会领略到不少人（包括店主与读者）与书相关的独特"故事"。

走进书店，你会感受到外面是车水马龙，进屋便是一屋书香，真是个闹中取静的好地方，而原来在保健品市场上拼杀的店主也告诉你，开书店后自己的心也是"越做越静"了。

湖塘一家席殊书屋的店主的感觉是，尽管现在的书店与过去有了区别，但总还有那么一些坚持着的爱书主义者成为店里的常客。仅有三四个平方米的学苑书店则凭着诚信服务，拥有许多熟客。左岸公社的店主有些"怪"，她爱挑对自己胃口的书进货，一个年轻人买走了一本在书架上躺了很久的讲印度哲学的书，会把她"高兴坏了"……

推荐文字可以做得如此有灵气，我们的"正宗"新闻报道，何尝不能做得更出色呢？

（原载《现代报业》2010 年第 5 期）

靠前服务　打造深层阅读品牌
——析《常州日报》的《企业中高层参考》专版

《常州日报》针对全市企业而办的《企业中高层参考》新闻专版，于去年10月底推出，每周2至3期。

这个专版是《常州日报》紧跟我市经济跨越式发展的步伐，满足受众深层阅读新需求的一个创新之举。

优化组合，在差异化阅读上求新

专版设置了有针对性、实用性的5个基本栏目。其中，3个栏目（对话掌门人、赢在中层、经典案例）运用各类典型，以企业管理为核心内容；2个栏目（宏观速递、行业动态）为动态消息。这样的栏目设置，以典型引导为主打，辅之以相关动态信息，自然形成了不同于一般经济报道的、多角度传播企业科学发展之道的新格局。从版面结构看，一类是从企业掌门人到中层再到个案，另一类则从宏观到行业，这种有序而合理的阶梯式立体组合，使版面成为有机整体，有利于更好地发挥新闻的集聚效应。

栏目变一般性成就报道为热点引导。"对话掌门人"是专版的核心栏目。"对话"突破了以往介绍一厂一店经营叙事模式的窠臼，抓住最具个性的"成功"之处，进行深入开掘，通过对话，以聚焦的方式提炼主题，从而对当前企业创新发展中特别引人关注的诸如经营理念、管理方法等热点问题，进行舆论引导，以此有效地实现新闻与社会需求的对接。"赢在中层"中所记述的中层管理人员的成功业绩和做法，也都是读者所关心的热点内容。

提供多元视角看问题，凸显新闻智慧

《企业中高层参考》不是一般的"参考消息"。针对当前企业创新发展中人们普遍关注的问题，运用大量成功企业典型，进行专题化、系统化的解读，是专版新闻的一个突出的重点。解读以多元视角看问题，不仅帮助读者了解和理解这些企业取得成功的经验，更注重引导读者提升思考和创造性地运用经验的能力，同时给读者以智慧的支撑。

以"对话掌门人"栏目为例，同是反映在金融危机下的逆势上扬，《缪雪元：企业命运掌握在自己手中》（11月25日）反映企业领导人换个角度看危机的独到看法，认为不应只把应对危机的措施看作自救之举，更应将其看作企业发展到一定阶段突破瓶颈的内在需求;《许小初:心中有着企业"冬春夏"欢》(1月13日)突出企业领导人精准的大势把握和务实的经营之道;《魏冬根:低谷期上项目,投入省了1/3》(11月18日)展现的是企业领导人把危机看作一次实实在在的机遇的高瞻远瞩的洞察力。这些报道角度不同,风采各异。

同是反映调整发展方向,《恽中方:一肩挑两头 传统与未来》(12月23日)从最为传统的纺织印染行业,拓展到方兴未艾的锂电池行业,反映企业家广阔的眼界和开放的心态;《茅玮铭:从搬运坛坛罐罐起步》(12月22日)、《颜建伟:跳出主业,涉足文化产业》(1月20日),前者写创业创新者以前瞻的眼光,始终盯着社会发展、消费者不断改变的需求,后者道出了一个一业为主、多业发展,公司走上了可持续发展道路的精彩故事。报道各有独到之处,或同中有异,或异中有同。

同是反映产品定位问题,有的走的是国际高端市场的路线(《眭云鹤:产品定位在国际高端》),有的走的是差异化路线,积极拓展深耕国内市场,不同的定位,同样获得了巨大成功。

这些报道以多元视角观察事物,思考问题,思维活、开掘深、观点新,不仅为读者提供了丰富的有效信息,而且凸显了新闻的智慧,引人细读,开人心智,从而使人获得深刻的启迪。

引导性与可读性结合

专版报道十分讲究新闻的表达艺术，因而可读性强，引导力也得以很好地发挥。

理念、方法因"人"而鲜活

人是企业创新发展的主宰，报道围绕"人"去展开。如《蒋洪芝：一炸一送，赢得发展新空间》，让人看到一个年已古稀再度挂帅的优秀企业家坚韧不拔的意志、审时度势的睿智、勇立潮头的豪气，同时他进行结构调整、重用人才、勇于科技创新、培育发展团队等先进经营理念和管理方法，也跃然纸上。

文本，让读者易读

"对话掌门人"，在"三问"上下功夫，文短意深，读来令人赏心悦目。"赢在中层"叙事模式讲究灵活多样，如《魔鬼藏在细节里》（11月8日），文本分"案例""中层者说""中层者的故事"三个部分，清晰好读。"经典案例"先叙事（案例）后点评，由事到理，而对有的文字较长的案例，加上小标题，读来也明快多了。

两点建议

关于新闻性，"参考"是新闻专版，纯文摘类栏目如"管理课堂"，不是完全不可，但要考虑避免呆板。另外，专版是否也可考虑适当增设互动栏目。

　　"对话掌门人"栏目的图片，大多用的是企业管理者的肖像，有点过于"严肃"。如能放开一点，采用人物精彩瞬间的照片，以见其个性风采，也可活跃版面。

　　　　　　　　　　（原载《现代报业》2010年第1期，收录时有删节）

独辟蹊径　增强有效传播
——《武进日报》一宗同质报道的策略选择

十七届省运会在常州举办，这是常州近期的一件大事。对此，《常州日报》《常州晚报》均以大气势作全方位重磅报道，各显精彩。常州日报社旗下的《武进日报》，何以作为，有怎样的策略选择，值得关注。

读《武进日报》9月、10月间相关报道，我们欣喜地看到，该报发挥地域资源优势，以亲民、贴近的新闻视角，独辟蹊径，寻找自家立足点，在同质报道中做出了"本报"特色。

凸显接近性，选择贴近的报道切口

关注身边的事与物，是人们普遍存在的接近性心理。报道的接近性是体现新闻价值的一个重要因素。《武进日报》对省运会的系列报道，均以"贴近武进"为切口，精心策划，组织实施，很好地适应了读者的接近性心理需求。

"迎省会，动起来"系列报道通过对本区体育运动"一镇一品"的扫描，反映了全民动起来，激情迎省运的良好现象。"武进健儿在省运"系列报道反映了各路运动员刻苦训练、积极备战和志在必得的精神气概。"回眸省运竞技武进赛区之最"系列报道、"参与承办省运会武进赛区后续报道"系列报道，以及武进小记者的"精彩的省运"同题采访组稿，以贴近武进的共同特色，形成了有机整体，产生了"零距离"的阅读效果。

以精驭繁，聚焦热点、亮点

面对省运会的大量赛事，《武进日报》不求信息海量，而是对信息进行筛选抉择，聚焦于热点、亮点，把报道做成最佳"看点"，以达到以精驭繁的传播效果。"回眸省运竞技武进赛区之最"系列报道是这方面的重点。

这里有《最跌宕起伏的决赛》《最完美的卫冕》《最漂亮的"翻身仗"》……还有羽毛球、飞碟、公路自行车比赛等报道，每篇一文一图，文本也以精短好读见长。小记者的同题活动报道也是用聚焦的方法，去繁取精，可见策划设计的匠心。

变换视角，延伸报道广度

变换视角，延伸报道广度，是加重新闻分量、使主题深化的一个有效方法。

此次省运会在常州举办，武进区从 2007 年起，全力参与承办，这对全区的场馆建设、交通、环境、商贸服务，乃至提升整个城区的文化品位等城市新发展起到了极大的推动、促进作用。这也给报道提供了大量新闻素材。《武进日报》在关注赛场竞技的同时，以"另眼"视角，"换一种方法看省运"，刊发了"我区参与承办省运会的后续报道"系列，为读者展现了"不一样的精彩"。《另眼看省运，别样风景》（上篇）、《全民的省运，健身的热潮》（中篇）、《收获的不仅仅是金牌》（下篇）用大量事实，展现了武进借力省运会实现跨越发展，促使城区面貌发生了巨大变化。视角的变换使新闻源地的优势在报道中得到了进一步体现。

（原载《现代报业》2010 年第 11、12 期）

《社区圆桌会》的语境创新

　　《武进日报》于年初推出的《社区圆桌会》专版突破传统的自上而下的新闻传播模式，灵活地运用"圆桌会"的形式，将百姓声音直接纳入新闻话语体系，令人耳目一新。

策划，从尊重基层开始

　　《社区圆桌会》从尊重基层群众这个基点出发，每期设置一个议题，这些议题都是当下受关注度高的热点、焦点问题，报道从基层群众和公众视角，紧扣本地实际，并抓住最新落点。如，区"两会"召开前夕的"代表委员，我想对你说"；瘦肉精、染色馒头等食品安全事故频发时的"'从田头到餐桌'确保食品安全"；在文明城市创建深入走向社区时的"人人都是城市形象"等。这样的议题有很强的社会性、贴近性和可议性，通过讨论可以广泛反映基层的民心、民情、民愿。

　　在"圆桌会"活动地点和与会人员的组织安排上，充分发挥本区的新闻资源优势。如讨论"治安环境再优化一些，老小区居民更加幸福"议题的"圆桌会"，选择在老小区建设发展很有代表性的湖塘镇花园社区举行。与会的居民代表和社区干部在热议中，既表达了对改造后老小区的"满意度大大提高"，也为进一步优化治安环境"想出了不少招数"，而且这些招数"对其他老小区也适用"。另外，根据议题的需要，还采取灵活机动的办法。如讨论"创建节水型社会我们怎么做"的议题时，"圆桌会"便走进水利局，和企业、社区、学校等方面的代表及水利局代表面对面一同畅谈。讨论"醉驾入刑"的议题，则走进区公安局交巡警大队，请各方代表一起来探讨。

关爱，从民生交流开始

《社区圆桌会》的传播方式，不是信息的上传下达，也不同于征求百姓意见的一般座谈会，它更贴近民生、民本、民意，凸显基层民众的公民意识。

"圆桌会"报道反映了基层民众对社会管理的自觉关注和积极参与，它也是关爱民生的交流平台。如《绿化长效管护大家谈》《文明吸烟也是城市文明的一部分》《清明祭扫，能否真正"清明"》《让残疾人共沐爱的阳光》《"七夕"青年男女婚恋观大碰撞》，这些"圆桌会"的报道，充满了人文情怀，也体现了恰当的价值引导。

有传媒学者认为，理想的新闻传播效果和目标是把政府要说的、媒体感兴趣的和公众最关注的三者融合统一起来。《社区圆桌会》较好地体现了这一要求。

传播，从亲近大众开始

《社区圆桌会》是对新闻传播路径的一种更新。

一是面对面倾听，平等亲切地交流。"圆桌会"改变报纸以"传"者自居的角色，遵循新闻以民为本理念，切实转变工作作风，脚踏实地，扎根基层，面对面倾听百姓心声，把新闻传播视为与大众的平等、亲切的交流，从而为民本化话语体系的构建开启了一条有效通道。实践证明，这样写出的新闻报道能直达读者的心田。

二是故事化说事，以事明理。《圆桌会》报道基层民众参加议事，首先十分尊重他们，视其为热心关注社会进步并对生活充满感想的积极参与者，同时也明晓他们是新闻的主体。记者记录他们联系实际所讲的故事，说明其中蕴含的观点和道理。在《节能环保，从每个家庭做起》报道中，社区居民张柯萍讲自己"一只竹篮用了10多年"，讲述她对保护环境的清醒认识，有很强的感染力和说服力。

三是大众化的、亲民的语言表达风格。《圆桌会》报道每期都有一个题引，用平和而蕴含感情的话语，营造一种平等、亲切的交流氛围。每个与会者的发言均言之有物，言之成理，具有人文情怀和生活气息，有的还富有个性色彩。值得一提的是，有些与会干部的发言也都是结合自身的工作实践和感受，推心置腹，用平等待人的姿态说话，不说空话、套话。
这也体现了对民众语言习惯的尊重。

（原载《常州新闻界》2011 年第 2 期）

同质新闻缘何胜出
——比较三家报纸的
"剃龙头"图片新闻

同质新闻如何做出独特创意，今举三家报纸的"剃龙头"图片新闻，略作比较，品味个中意趣。

一、相同的题旨

2月23日，农历二月初二，俗称"二月二，龙抬头"。是日，民间习俗要给孩子"剃龙头"，寓意红运当头，寄托美好心愿。次日，《武进日报》《常州晚报》《常州日报》不约而同地为此刊发了图片新闻（《常州日报》用的是新华社稿），三家题旨大致相同。

二、同中见异

由于意境和表现手法不同，三家报纸的新闻图片从构图到人物形象所传递的意蕴、情感和审美情趣，在体现各自特色的同时，也呈现出明显差异。

《武进日报》（导读版）图片的画面主体是年轻女理发师站在后面给孩子剃头，明暗色彩的对比，显示出孩子剃头时的专注、童稚可爱的神态。不足之处在于画面中理发店的背景内容过多、过杂，不经意间挤占和削弱了主体形象的地位。拍摄者可能较为拘泥于如实反映剃头场景，但在如何表现"剃龙头"上略欠匠心。

《武进日报》刊发的图片

《常州晚报》（A2版）的图片运用特写的手法，简化了背景，突出了剃头孩子的头像造型，构思略胜一筹，并在文字说明上冠以"二月二，剃龙头"标题。

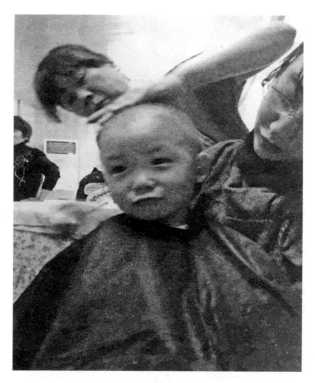

《常州晚报》刊发的图片

　　《常州日报》(B3 版)刊用的是新华社图片，标题相同，却更见功力。画面左上端一只斜伸的剃头的手，手下凸显剃头孩童的发型和脸部表情，分外夺目。那"龙头"特异的可爱发式，尤其是孩子剃头时嘴里还含着棒棒糖、露着似乎受了不小委屈的一脸"哭相"，充满童趣，令人忍俊不禁。不难想象，这是大人（家长）为了孩子"交好运"，哄骗着强要孩子"剃龙头"使然。民俗、亲情融于一体，内涵丰富，让读者回味再三。这正是这张新闻图片最具创意的独特之处。

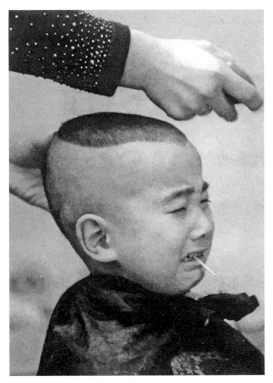

《常州日报》刊发的图片

三、两点启示

1. 关于趣味性与新闻价值

趣味性也是新闻价值的重要体现。同质新闻要出彩，有必要把新闻做得有趣味，让读者爱读，使其在获取信息的同时，享受到阅读的乐趣。新闻的趣味性寓于新闻事实之中，要用心发现，善于挖掘，精心表达。这样的趣味性新闻具有丰富的内涵，更能引起读者的共鸣。《常州日报》选登的新华社图片，正是以独特的眼光，捕捉到了"剃龙头"孩子独特的表情，嘴含棒棒糖的细节，使读者通过画面自然感受到了丰富的内涵，越品越有趣味。

2. 关于创新思维与独特创意

同质新闻的胜出离不开独到的眼光，也就是从独到的角度去突出新闻事实，这才有独特的创意。独特的创意首先体现在创新思维方式。给孩子"剃龙头"，希望交好运、遇吉利，大家习惯的思维是爱看孩子的笑脸，《武进日报》《常州晚报》新闻图片即是。《常州日报》选登的新华社图片却反其道而行之，运用逆向思维，从正常中找不正常，从一般中找特殊，选择了一个全新的角度，拍摄了既有独特含义，又妙趣横生的一幅"哭相"图。别出心裁的独特创意给新闻增添了无限生机和活力。

（原载《现代报业》2012 年第 4 期）

从"微笑调查"看新闻二度开发

　　新闻竞争在很大程度上是对新闻资源的挖掘和利用。这也是提升地方新闻核心竞争力的一个重要方面。《常州日报》2012 年 12 月 17 日至 12 月 26 日发表的《今天你微笑了吗？——本报记者专题调查》（共 7 篇），对有潜质的新闻资源创造性地进行了深度处理，从而放大了新闻价值。

　　本文就从新闻二度开发角度，解析这个实例。

一、文本概述

　　专题调查分成两部分，前 5 篇为采访对话实录。采访对象包括银行职员、办公室内勤、外企经理、普通工人、快递员、店员、退休人员、律师、村民等，具有社会广泛性。每篇收录 4 位或 5 位受访者的答问内容，每位受访者一般为两问两答，字数仅百余。围绕"微笑"之问，所有答问者均从自身工作、生活实际出发，各抒所感所想，实话实说，生动鲜活，内容丰富，为后文的深化开掘提供了厚实的铺垫。

接下来的两篇是调查6《假笑也比不笑好》和结束篇《我市全国文明城市建设下一步还要再深化，作为千千万万市民来说——不妨从每天绽露微笑开始》，二者综合调查所得，从全局的高度展示了专题调查的思想意义和社会价值。

二、新闻的二次发现

新闻贵在发现。新闻的二度开发首先出于新闻的二次发现。

去年12月12日，刊发专题调查的前五天，《常州日报》民生人文版发表了一则关于微笑抑郁症的新闻《不少人已经不会微笑了》，报道了记者在本市一家心理咨询中心了解到，近两年来因患上微笑抑郁症到此接受心理治疗的每年有200人，其中大多数是都市白领，他们事业有成，但内心深处常常感到压抑、忧愁。该中心负责人分析了患者的症状，并为这类人开出了治疗"处方"。报道至此本已画上了句号，然而五天之后（17日），却又别开生面地大做文章，刊发了《今天你微笑了吗？——本报记者专题调查》。缘何出此新招？首篇的眉题中这样透露：本报12日报道的"现在不少人已经不会微笑了"，"引起众多读者兴趣"。也就是说，之所以做此专题调查，是由于在"引起读者的兴趣"后，有了新的"发现"。这便是新闻的二次发现。

《常州日报》的这个"二次发现"，有两点独到之处：一是高度的新闻敏感性，报道者关注了读者对那篇报道的反应，他们没有满足于已经取得的一定的社会效应，而是敏锐地意识到，其背后有着可以进一步拓展的新闻空间；二是善于提出问题，跳出微笑抑郁症的单一角度，进而从更高的社会层面上加以考量，由此以新颖的视角，提出了更具广泛话题性的新问题。这体现了专题调查者在"新闻的二次发现"上的不俗功力。

三、知人善"问"与实话实说

专题调查的前5篇是对话实录。关于新闻对话，《南方都市报》的一位专栏首席记者曾这样谈她的报道经验：对话的精彩，"关键在于采访对象的性格、内心想法要跃然纸上，要让他们说真话"。《常州日报》的这个专题调查对话不是人物专访，却能知人善问，在两问两答之间，做出了自身的精彩。

有的是自然的追问。如，与顾姓的哥的对话，记者："师傅，请问你今天微笑了吗？"顾："身为服务业从业者，当然得微笑了。不过，是不是发自内心就难说了。"记者于是顺着这个"内心"又问："打心底里笑出来的时候多吗？"顾："得看那天的收入多不多。只要收入好，再苦也开心。"的哥于是算起账来，详细说明。

有的是如话家常的提示。如，与一位姓蒋的退休人员的对话，记者在得到蒋对"是否微笑"的肯定回答之后，自然地提起："听说你55岁退休后就一直发挥余热至今。"蒋于是高兴地谈起了自己的感受："是的，这让我过得特别充实。我一辈子从事环境检测，也十分热爱它。与其在家闲得无聊，不如幸福地忙碌。"

有的是巧妙地转圜。如，在与一位办公室文员的对话中，记者问："请问你今天微笑了吗？"这位年轻女性的回答是："升职加薪遥遥无期，同事间钩心斗角，老板挑剔刻薄……我要是还笑得出来，也太没心没肺了。"记者对这样的回答，机敏地提了个新的话题："如果陌生人在街头微笑着和你打招呼，你的反应是什么？"得到的回答是坦诚的："在确认对方没有恶意后，会微笑着回应。"

有识之士说，知人者智。专题调查对话的知人善问，渗透着采访者的智慧。

四、解读事实，深度开掘

专题调查从"今天你微笑了吗"这个"微小"的问题入手，在综合调查所得新闻事实的基础上，深入开掘，完成一个有相当重要社会意义的主题，最大程度提升新闻价值，其中有两点值得注意。

1. 对感性事实材料作理性解读，主要方法是通过综合分析，揭示事实的思想内涵。没有分析，就没有思想。在调查6《假笑也比不笑好》中，呈现了这样一些观点，如"微笑，是对生活的一种态度，与贫富、地位、处境没有必然联系"；"大部分人，都是在比较中丧失了微笑的能力"；"微笑是心灵最好的疗伤药，能带来重新迸发、仰望幸福的勇气"；"微笑是修养，微笑的实质是爱"。所有这些，无论是记者的表述，还是新闻人物说出的话，都是对新闻调查中相关事实进行分析思考的结晶。

2. 凸显重要背景，放大价值。在结束篇中，记者这样阐述"微笑"调查与本市文明城市建设的内在逻辑联系：在连续一周多的专题调查中，被访人虽然工作、生活、经历、境遇不同，但有一个看法是一致的，那就是"没有笑脸，就缺乏生气"。大家基本认为，微笑不仅事关个人，它也是城市文明的润滑剂，是一座城市的脸。记者从不同角度，列举了市民对此的生动感受，进而提出："我市全国文明城市建设下一步还要再深化，作为千千万万市民来说——不妨从每人每天绽露微笑开始。"（结束篇标题）正是抓住了这个重要的背景价值，专题调查才具有了非同一般的社会影响力。

（原载《现代报业》2013 年第 1 期）

时政新闻的民本化叙事

——新闻"故事化"例说之一

时政新闻如何突破传统报道模式，与广大读者贴得更近，更具亲和力和可读性？运用新闻"故事化"方式，走民本化叙事路径，是可取之法。

这里就以反映领导人活动和工作成就类时政新闻为例，从叙事特色上，对其中一些做法，进行讨论。

新闻样本：《常州晚报》2012 年 8 月 27 日发表的关于姚晓东市长察看"智慧社区"建设的消息，《常州日报》周日发表的同内容消息；2011 年 3 月 7 日《常州晚报》的《"常州模式"破解中小企业融资难》。

一、民生化切入与叙事基调

有关领导人活动的报道多以宣传教化为目的，多直接从领导者角度着眼。对姚晓东市长察看"智慧社区"建设的消息，《常州日报》采取传统写法，这样开头："打造'智慧城市'，从'智慧社区'开始。作为'智慧城市'先行先试的重点，我市'智慧社区'建设正在有序推进。昨天下午，市长姚晓东实地察看了'智慧社区'建设进展情况，要求以服务民生为重点，加快推进'智慧社区'建设，让更多常州百姓享受'智慧社区'建设，享受'智慧生活'。"这样的开头，重在对新闻事件作总体概述。

《常州晚报》的报道转换了视角，采取民生化切入方式，从市民生活的角度，把读者引入一种生活情景："昨天下午4点多，薛家镇顺园五村133幢陈蓉一家正在客厅里看电视剧，忽然来了客人——市长姚晓东一行来到她家做客，看看普通居民家里'怎样使用'有线电视。"这种"讲故事"的叙述方式，给读者以生活化的亲切感，一下子就拉近了与读者的距离。

而且，这样的开头不仅仅起到了由头和引子的作用，还为整个报道定下了故事化叙述的基调。

报道接着这样说："这个有线电视不比寻常，它其实是正在规划建设中的智慧社区平台。"由此顺理成章地讲起智慧社区这一新平台贴近市民生活的各种功能及建设发展相关情况："常州是智慧城市试点城市之一"，"已在薛家、青龙实现全面覆盖，目前惠及3万多户家庭"等。这里并没有情节，但与开头所呈现的叙述基调是吻合的。

口语化叙述还体现在对细节的把握上。写姚晓东来到陈蓉家，看过陈蓉运用遥控器在电视屏上展现平台的"体征监测"功能之后，有这样一个细节：陈蓉有个刚上大学的儿子，姚晓东笑着提醒他，用这电视还可以看书，上面有一个电视图书馆。应该说，这个细节是新闻中的一个鲜明的"亮点"。《常州日报》按传统的消息写法，舍弃了这个细节。

二、以人物为视点的故事化表达

报道工作成就的新闻按一般的套路，容易写得枯燥、乏味。《"常州模式"破解中小企业融资难》这篇报道有所突破。它虽然反映的是工作创新的经验，但并不是干巴巴地"谈工作"。报道采取以人物为视点的手法，从与事件相关的人物的角度安排叙事结构，进行讲述，从而把对工作经验的介绍，演变成故事化的表达，增添了意趣。

"昨天，常州佳讯光电产业发展有限公司总经理吕全亚很开心，由该公司与本市其他 9 家企业联合发起的国内地级市第一只中小企业集合债券成功发行，该公司申请募集的 3 000 万元资金悉数到账。"他说，有了这 3 000 万元，公司酝酿已久的一个重大项目将可以年内投产，企业年产值预计由 3.5 亿元跃升至 5 亿元左右。这样，消息一开头就融进了人物（融资受益者）的情感因素，让读者在分享吕全亚"很开心"的感受的同时，"不经意"间就得知了该消息的"核心信息"。

接下来，报道对于此项工作的相关背景介绍，包括"集合债券"的创设动因、性质、组成单位、债券发行情况等，也都从吕全亚的情感反应入手："谈起常州中小企业集合债，吕全亚感触颇多——资金历来是企业发展的瓶颈……""现在，吕全亚的后顾之忧没有了……"这样以人领事，依序展开，所提到的内容也随之生动起来。

这篇报道的视点人物不止吕全亚一个，还有市发改委主任赵建军、承销单位海通证券部总经理曲林，他们分别就市政府对此项工作创新的主导作用和这项创举的"示范样本"的意义，作了明确表述。报道把相关的信息化作人物语言，增强了可读性。当然，以人物为视点安排叙事结构，仅是"故事化"的一种方法。

三、讨论两个问题

1. 民本化叙事与理念转变

客观地说，不是每个时政新闻都适合从民生角度讲故事，这首先要看时政新闻的内容是否与广大民众的利益紧密相连。同时，更需要新闻理念的转变，从单向度的宣传、教化模式转型为百姓喜闻乐见的表现方式，这样才能满足新媒介时代读者对新闻报道的新需求。常州的"智慧社区"建设是惠民之举，市长走进社区察看，更是直接与社区居民"面对面"。《常州晚报》的报道据此采用民生化切入、故事化讲述的方式进行报道，正顺应了这个新要求。

2. 关于民本化叙事的结构安排

与以往新闻注重事件发展的现在时叙述不同，民本化叙事在结构安排上，注重的是事件过程的重构。拿报道工作成就的新闻来说，不可能从头到尾讲故事，如何安排好"讲故事"与"谈工作"的关系，大有讲究。《"常州模式"破解中小企业融资难》这篇报道在叙事结构安排上就很有讲究。从上文分析中可以看出，"工作"本身在报道中不是直接正面记述的，而是以介绍相关背景的方式，从视点人物的感受出发，将之巧妙地呈现出来。写吕全亚"很开心""感触很深""后顾之忧没有了"几个部分，就是把有关该项工作创新的诸多内容，自然地融合在这个人物的故事之中。这样既见事又见人，增添了人情味，也提高了主体内容的感染力和可读性。

　　以上仅是个案，但也说明时政新闻"故事化"叙事具有广阔的创新空间。

　　　　　　　　　　　　（原载《现代报业》2013 年第 1 期）

经验报道　用事实演绎经验
——新闻"故事化"例说之二

　　同样是传播经验，故事化报道与传统的总结式作文在思维方式和表现手法方面均有所不同。有些经验报道之所以写得枯燥乏味，没有抓住事实、缺乏对事实的表述是一个重要原因。故事化报道要追求事实的魅力，力求呈现给读者客观的事实，融经验于事实的演绎之中。

　　新闻样本：《常州日报》自2013年1月23日起连续发表的"怎样把一件事情做到透"系列报道，共6篇——《山芋的故事》《萝卜的故事》《兰花的故事》《"二花脸"的故事》《糯玉米的故事》《芙蓉田螺的故事》。

一、挖掘事实背后的深刻内涵

　　经验从事实提炼而来，经验的传播也需以事实为载体。以事实为载体的传播首先要善于挖掘事实背后的深刻内涵，准确把握报道所叙事实与经验的内在联系。

系列报道的 6 个故事反映的是当前农村专业合作社创新创业致富的事迹，创业致富经历各有不同，但又显示着一个共同的特点：他们努力沿着各自创新发展的路子，使生产规模由小到大，管理水平和生产效率不断提高，农户收益大幅度增长，相关项目分别成为创业示范项目、致富示范点、专业合作社示范园，由此形成了"一村一品"的特色经济。系列报道以独到的视角、敏锐的新闻发现力，从这些故事中，挖掘到了一个共同的"内核"，即具有普遍社会意义的一条经验："怎样把一件事做到透"。

6 个故事蕴含的经验不只是量的叠加，更是质的提升。因此，诚如编者按所希望的，这个经验"不仅给农民和有关专业合作社在种、养等方面开阔了思路，也能给更多人和更多方面带来一点启示"。

二、非事件新闻的情节化处理

经验类报道属于非事件新闻，一般容易写得抽象空洞，简单的所谓观点加例子的写法，往往过于呆板。

本系列报道跳出了这个窠臼，运用情节化叙事方式，对那些创业致富的经验，通过梳理整合，抓住事情变化发展、来龙去脉的各个环节，精心组织安排，形成各自连贯的故事情节。

以《芙蓉螺蛳的故事》为例，报道先这样开头："芙蓉是个水乡，河多鱼多，有 5 000 亩水面鱼苗养殖基地，但养殖户以前最头疼的，就是池塘里自然繁殖的螺蛳。"又转而交代，"但池塘里的螺蛳好吃"，并说明，原来这沾的是用豆浆喂鱼的光。于是接着写养殖户们开始有意识地套养螺蛳，后来镇上也牵头成立了蓉盛水产合作社；又接着写养殖户采取措施提高养殖螺蛳的品质，芙蓉螺蛳还在区农家菜评选中夺魁；接下来是"产业越做越大，名气越来越响，卖进酒店后价格也直线上升，星级酒店里一份一斤半左右螺蛳要卖四五十元"。报道最后写到开展养殖科研，镇上为此拨出专项资金，建了螺蛳繁殖基地，力争形成一套完整的繁殖及养殖技术和操作规程，达到主养螺蛳亩产上千公斤的规模。整篇报道形成一个比较完整的叙事结构，有开端，有发展，层层推进，甚至还有高潮。其他各篇也都有各自的生动情节。

文似看山不喜平。经验类主题报道的情节化处理，增强了新闻的生动性和趣味性。

三、着眼共性，从个性着手

经验具有共同性的特征，共性存在于个性之中。经验类主题报道要避免一般化，想富有新鲜感，需从个性着手。如，系列报道写 6 个合作社的发展，虽然都讲到创新"一套机制"，但是凸显了各自的个性特色。

《兰花的故事》这样写道："为提高效益，刘颖建立了一套成品优质出货率的机制。她说，假如种植 100 盆兰花，成品率规定为 80%，则村民只要种植成功 80 盆，就可获得奖金；若达到 90 盆，则把多出的 10% 与合作社进行分红；如果成品率不足 80%，就只有基本工资。刘颖用这种方式实现了双赢。"

《山芋的故事》中写"机制"，不仅内容有别，写法也不同："首先，让普通山芋的经济效益提上去。合作社统一供苗、统一施肥、统一管理，几年间亩产量提高了 1 000 斤；再经过统一包装和销售，效益比村民原先自种自收增加了 1 000 元。"接着写引进紫山芋并扩种后经济效益大增，合作社年底拿出利润的 30% 进行"二次分配"；并且具体讲述了村民杭虎庆一家加入合作社后，周密安排生产，全家年收入已经超过 10 万元的故事。

凸显个性就是凸显特殊性，新闻出"新"，体现在特殊性。

四、多种表现手法的巧妙运用

系列报道巧妙地运用化静为动、虚实结合、细节描述等表现手法，增强了新闻的表现力和感染力。以两个故事的导语为例：

《"二花脸"的故事》介绍"二花脸"猪的优良品性，是从写人物活动开始的：28 日上午，记者在郑陆镇梧岗村找到马云强时，这个养猪大户刚喂完食，满头满身的草屑。"养了 150 头母猪，利润三四十万元。"谈起去年的行情，老马爽快地说，"不过，赚的钱又都投下去了，再扩大点规模。"紧接着记者表述，老马能赚钱、敢投入的信心来自他的"二花脸"。然后便说，"二花脸"是猪的一个品种。由此展开对"二花脸"背景的详细介绍：在全国 76 个猪种、无数的养猪企业和合作社中，"二花脸"的名气大得很……市场上的"二花脸"地位已从普通农产品提升到"礼品"，价格比同类产品高一倍，还供不应求……这里对"二花脸"的介绍是静态的，由于巧妙地与对人物的动态描述相结合，静态的内容也鲜活起来，使读者饶有兴味地读下去。

《山芋的故事》有一个副标题："吴保生和山芋合作社一年销售收入 1 150 万元"。导语紧承题意以情景开头："3 斤礼盒装紫山芋 50 元，紫山芋粉丝一斤 100 元。真没想到，我们的产品会受到上海、苏州市民的欢迎。"在刚刚过去的这个星期里，新职工倪晨鑫目睹带去的 1 吨多产品在江阴农展会上一销而空，回到生产基地他仍按捺不住心头的兴奋。紧接着是对合作社领头人吴保生听到这话时的描述："吴保生边听边笑。这，正在他的意料之中。"

这个情景开头有两点巧妙之处：一是新职工倪晨鑫的话与副标题的销售数字，一动一静，巧妙衔接，使山芋销售盛况，跃然夺目；二是见事见人，尤其是吴保生"边听边笑""意料之中"的细节，内涵丰富，也为整个故事的展开起到了起兴作用。

（原载《现代报业》2013 年第 3、4 期）

宏大叙事与讲好微观故事

——新闻"故事化"例说之三

  宏大叙事的新闻报道,如何放低身段,写得让读者觉得有亲切感?在新闻民本化革新的实践中,运用较多的方法是把宏大叙事与讲好微观故事有机地融合起来,将宏大主题以个体实例来呈现。这里,如何融合是关键。下面以迎接十八大时关于"十年变化"的报道若干例子为样本,看报道表现手法上的一些特色。

  新闻样本:①《武进日报》10月17日发表的《"车轮"上的生活变迁》,《常州晚报》10月19日发表的《车轮上的常州:从10万辆到60万辆》;②《常州晚报》10月18日发表的《带着梦想:每年2万个"刘平"在常安家》。

一、选择合适人物,巧设叙事视角

  宏大主题报道需要宏观视野,但新闻又必须落实到具体的"人"和"事"上。对此，故事化新闻尤须讲究。常用手法之一，是选择合适的人物为依托，巧设叙事视角，多层面叙述故事。这里所谓的合适人物，也就是在时代发展的大背景下某一方面的见证者或参与者。

《武进日报》的《"车轮"上的生活变迁》这样讲述郑陆镇牟家村承建春的"车轮"的故事：先是"从自行车到摩托车"（高中的时候，从哥哥那里接手了一部"凤凰牌"自行车，后来结婚时妻子的陪嫁是一辆"珠峰牌"摩托车）；接下来是圆了"四个轮子的梦"（2004年，为工作方便买了一辆"长安"面包车），后来"'四轮'再升级"（2011年花了近20万元买了一辆马自达5）。承建春的"车轮"故事，正好勾勒了十年来广大百姓"车轮"上生活变迁的轨迹。《武进日报》的这个人物报道的叙事视角是巧妙的。

《常州晚报》的《车轮上的常州：从10万辆到60万辆》，运用了同样的手法，但在选择人物视角和叙事方法上，另有独到之处。报道一开头这样向读者介绍这个人物的身份："一剪，一压，再拧上螺帽，前后两块车牌，他两分钟就能全部搞定，这个简单的动作，他每天要重复200多次。刘坚，42岁，交巡警支队车管所的上牌工人，这10年，他都在与汽车打交道……"正是这个刘坚于2002年进车管所当检测工，他熟知当时全常州只有一条检测线，每天检测10多辆车，后来买车的人越来越多，检测线增加到5条还是忙不过来。6年前他干上了给新车安装牌照的工作，如今常州的上牌点从1个增加到了 5 个，但还是不够用；他还直接看到，"常州的车子越来越花哨"，"买车的人也发生了变化，从单位变成了普通市民"。报道由此引用刘坚的感受作结："这 10 年最大的变化是汽车进入家庭，轿车从奢侈品真正成了市民的代步工具。"

新闻创新贵在发现。《常州晚报》这篇故事化新闻正是发现了这个普通而又"独特"的刘坚，才有此叙事视角的创新。

二、微观故事与宏观背景的精心编织

故事是微观的，只有把微观故事与宏观背景有机融合起来，宏大主题才能细致而深刻地体现出来。这就要在"讲故事"的过程中悉心把握宏大主题，精心叙写微观故事。

《"车轮"上的生活变迁》讲承建春 2004 年下大决心买了一辆"长安"面包车时，这样写道：从"两个轮子"到"四个轮子"，这是亲身经历与城市一起发展的人，都曾有过的难以忘怀的情节；接着又提到，"从 2002 年开始，承建春所在的牟家村组建了股份经济合作社，将全村土地集中起来连片开发，发展高效农业，激起一片创业浪潮"；说到现在，承建春感受到"汽车几乎已经成为每个家庭的必需品，道路越来越宽，越修越好"。

在《车轮上的常州：从 10 万辆到 60 万辆》的报道中，多次运用刘坚前后比较的说法表述社会发展的过程。如刘坚刚被调进车管所时与现在比，那时候汽车还是奢侈品，比如说桑塔纳，1 辆就要 10 多万，"屁股底下一座楼"，往往是一个家庭几年的收入，不像现在，有的家庭几个月的工资就能买一辆。又如，说到买车主体"从单位到普通市民"的变化，刘坚说，以前买车的是单位居多，"后来购车限制取消……常州私家车才逐渐超过了单位用车"。这实际上从政策层面上为"这10年的最大变化是汽车进入家庭"作了很好的注解。

三、借用人物典型化手法，呈现宏大主题

故事化新闻借鉴了文学的人物典型化描写手法，与以人物为视点设置叙事视角不同的是，故事化新闻更多地从人物个性化上深化故事，以个性展示共性，呈现报道主题。《常州晚报》的《带着梦想：每年2万个"刘平"在常安家》在这方面很见创意。

报道通过农民工刘平来常打工的故事，细致而生动地反映出十年来外来打工者群体成为常州新市民的变化过程。

"2011年那个春节，下着冷雨，刘平拎着大包小包，一个人来到常州。30岁的他，拖着行李，行走在新丰街，没有一个人招呼他，更没有人关心，他那只唯一的铺盖卷证明着他是这个城市的特殊角色——农民工。"这样的"进城"描述，从情景到人物介绍，笔墨不多，却使人物生动形象，既有代表性，又有故事的可感性。

接着写他的所见所想，从四川农村"第一次来到这座繁华的江南城市，看到街上花花绿绿的街景，刘平有了自己的想法：再也不想走了，一定要在这个城市立足。"

就这样，故事以他的心路历程为主线逐步展开，讲他打工的状态、曲折的经历，讲他生活的变化。从在路边摆个牌子"做小工"，到进一家模具厂，后来模具厂倒了，他只好东西游荡，最后终于进了一家规模很大的电子厂，而且由于他"干活肯吃苦、技术也比别人好，得到了车间领导的赏识，还让他带了几名新工人"……直到他在常州买房结婚安家。在老家的父母的生活也因此得到了改善。其间，他虽有困惑，但坚持奋斗。刘平说："在城市里，我们有梦想。"2011 年底，刘平还圆了自己的另一个梦想，买了一辆 12 万元的轿车。他对所在的城市充满了好感。

注重"过程"的讲述是故事化新闻的一个重要特色。讲述刘平由农民工成为新市民的过程，是这篇报道的主题，而更重要的是报道抓住了他具有代表性的特征，因而既展示了重大主题，同时又具有很强的感染力和说服力。

四、综合运用多种表现手法，凸显主题

需要注意的是，反映宏大主题的故事化新闻，也不只"讲故事"一种表现手法，为突出主题，报道往往会同时综合运用多种表现手法或新闻手段。《常州晚报》的这篇报道在讲述刘平故事之后，接着这样表述："像刘平这样的打工者，每年有两万余人成为常州的新市民"，并举出了相应机构的统计数字；进而引用常州市社会学会副会长的话，扼要阐述了新市民与常州经济发展的关系等。这些内容是故事的延伸和拓

展，这样更有力地凸显了主题。

上述《武进日报》的《"车轮"上的生活变迁》是反映武进区这十年巨变的系列报道之一，因而如果在讲述承建春个人故事之后，或辅以"链接"的方式，从全区角度提供汽车进入家庭的数据变化等情况，会更有助于主题的表达。

（原载《现代报业》2013 年第 5、6 期）

积极回应　化解公众焦虑

——析本市两报"H7N9 禽流感"报道

H7N9 禽流感来袭，影响甚广，引发公众不小焦虑。主动回应，化解公众焦虑，是媒体应有的社会责任。其间，《武进日报》《常州晚报》的报道在满足公众信息需求、把握价值取向和体现媒体见识等方面，均有可喜的表现。

本文解析两报做法，希望对突发社会事件报道更好地发挥正向引导功能有所启发。

一、全方位关注，引导公众全面认知

疫情突然而发，公众产生焦虑，"信息不对称""情况不明"是一个重要原因。

《常州晚报》以此为突破口，采取全方位关注的报道策略，既反映面临的问题和风险，也呈现积极应对的一面，使读者对疫情的变化发展和自身所处的社会环境，能获得较为全面的认知。如 4 月份一头一尾发表的两个"第一手实情"专题报道，对此有较好的体现。

《只要是跟带翅膀有关的，我们全方位关注》（4 月 9 日）在报道活禽经营户、养殖户们受到沉重打击的同时，也传递了对疫情严格管控的信息；《"禽"殇，到底有多深》（4 月 28 日）反映了禽流感暴发一个多月来，本地从养殖源头到餐桌终端所受的"禽"殇之痛，同时也介绍了养鸭人"盼着疫情过后打翻身仗"的决心和行动。

全方位关注的报道，对缓解公众情绪，使之调适心态、做好应有准备，起到了良好的引导作用。

二、困而求解，营造交流沟通话语环境

禽流感疫情给相关经营企业和公众生活带来了困惑，人们有苦恼需要诉说，有愿望需要表达，在这种情况下，新闻媒介为之营造交流沟通的话语环境，有助于实现有效引导。

5 月 15 日，《常州晚报》两个通版的专题调查《看，"一根羽毛"引发的"蝴蝶效应"——一场 H7N9，到底影响到多少人的生活？》实际上提供了一个公共交流沟通的平台。报道汇集了多家与"羽毛"相关企业的负责人对记者的倾诉，这里有河锦服饰董事长的苦恼，有波仕曼制衣董事长的困惑，有小型出口企业总经理的无奈……当然，除了这些，也有规避风险的办法的交流。

营造交流沟通的话语环境，既有利于缓释、宣泄负面情

绪，也为寻求共同难题的解决对策开启了通道。

三、宣扬典型，发挥标杆效应

通过优秀典型传递正能量，也是化解"公众焦虑"的有效途径。

立华牧业公司是常州养殖业的龙头企业，在禽流感来袭之际，公司的两个"坚守"对激励公众极具普遍意义。一是尽管企业每天亏 500 万元，遭受重大损失，但仍然坚守保护养殖户的利益，保证每只鸡能赚 1.5 元；二是坚持养殖业严格的卫生要求，立华公司全国所有养殖场一例疫情都未发生。《常州晚报》抓住这个杰出典型，于 5 月 15 日、16 日分别进行了报道。

在利益严重受损的情况下，突出遵守规范，坚守社会责任，这样的报道，激励人心、增强信心，更能帮助人们在内化社会规范上产生积极影响。

四、"殇"而反思，前瞻产业发展

这一轮禽流感疫情尽管没有在本地区发生，但给家禽养殖业划下了重重的"伤口"。对此，《武进日报》以前瞻的眼光和科学的态度，站在加快家禽养殖产业现代化发展步伐的高度进行了反思。

4 月 17 日，《看这一波"禽殇"》由"禽殇"之深，进而展望"活禽交易模式"或将重新调整，并援引欧美等发达国家和地区的经验指出，禁止活禽交易，消费冰鲜畜禽产品是大势所趋。

5月21日发表的《H7N9推动家禽业"三大转变"》从"意识之变、体系之变、产业之变"三个方面，详细陈述了要使禽流感变危为机。报道传递了不少专业人士的愿望和建议，"希望政府能积极引导，鼓励，依托养殖龙头企业向全产业链模式转型，从而带动全区养殖业的转型"。

《武进日报》的报道在化解公众焦虑的同时，更有助于公众形成新的价值认同，给政府决策提供了参考。

（原载《现代报业》2013年第5、6期，

《常州新闻界》2013年第8期）

两报改版的三点建议

一、作为"市民手册"的《常州晚报》，我对之的建议是：采取分众化策略，进一步做强专版、专刊。

《常州晚报》已有的专版、专刊，特别是《小记者》《学周刊》《发现》，做得比较出色，在读者中产生了良好的品牌效应，可以说是晚报的三个拳头产品。但是，从一份报纸的整体来看，这还不够，内容的门类还显得不足。我觉得《常州晚报》发展的路子之一，应该是将专版、专刊形成组合拳。办法是：分众化与多样性有机结合，在原有基础上，增加专刊的新品种。为此建议，增设两个与市民最贴近的生活类专刊：一是《家庭》专刊，二是《婚恋》专刊。

这两个专刊应该各有特点，为说明方便，这里合起来谈几个要点。

1. 性质：两个都为综合性新闻专刊。

2. 办刊好处：关注度高，吸引力强，人气足。家庭是社会的细胞，人都生活在家庭之中，这个社会属性使每个家庭都可以成为《家庭》专刊的用户。有一种说法：爱情是文学的永恒主题，其实也可以说婚姻、恋爱是新闻的永恒主题，设置《婚恋》专刊，可以广泛地吸引青年读者，而且随着社会的发展，中老年的婚恋问题也会成为一个新的课题，也需要这个新闻园地。

3. 两个需注意的问题：一是要重视观点引导，适当进行深度报道。在讲好各种微观故事的同时，要抓住社会转型期有关家庭、婚恋的热点、焦点、难点问题，适时进行观点引导，以满足读者深层的内心需求。如最近由湖南卫视《爸爸去哪儿》亲子节目引发的家庭教育问题广受关注，《常州晚报》满怀热情地及时跟进，发表了《摸鱼比赛，完全就是常州版的"爸爸去哪儿"》（10月29日）、《听妈妈的吐槽，奶爸们的育儿囧事》（11月15日），故事讲得可谓生动有趣。但是，如果从提升《常州晚报》阅读品位的角度考虑，觉得对于这样一个公众话题和当前家庭教育的热点问题，不能仅仅停留在一种比较浅显的层面上。如果有《家庭》专刊，就可以拓宽视野，精心开掘，在报道内容和观点引导上，做得更有深度和力度。另一点是要注重报道的形式和方法的多样。除了常见的动态新闻、主题报道、专题调查等，还可进行报网互动或开展相关活动，设置相应的栏目。记得前两年晚报有一个"在婚姻登记处"的栏目，陆续发表了不少关于"离婚登记"的现场特写，直击人物的内心深处，很有特色。

二、关于《常州日报》改版，着重讨论一个问题：优化头版版面设计。

从新闻传播与读者的关系来看，报纸的头版，可以说是与读者见面、沟通的"第一表情"。"表情"如何，十分重要。《常州日报》的这个"表情"有生动而让读者喜欢的地方，如常常运用"主题组合"的方式，形成一种版面语言，强化观点引导和新闻资讯。但让人感到不足的是，从整体版面设计来看，由于采取模块化版式结构，缺少变通，显得有点单调、呆板，一定程度上影响了信息梳理、引导阅读等版面功能的发挥。在媒体竞争日趋激烈的当下，受众对报纸版面的要求已发生巨大变化。在这样的背景下，建议《常州日报》进一步优化头版的版面设计。在这里，我想借助《新华日报》于今年5月启动的头版新一轮改版后呈现的新气象，举些实例，谈几点想法，以供参考。

1. 总体设想：对长期采取的模块化版式结构（纵向四二开）进行适当调整，分档梳理，形成不同看点，使整个版面比较清晰地呈现出多个阅读区域。

2. 运用多种编辑手段，讲究编排艺术。如，化长为短，错位处理；大小、宽窄，对称、对比；增加图片，大小配置……使整个版面统一中有变化，也便于读者阅读。

3. 更好地发挥栏目的作用。打造优势栏目是提升党报头版质量的有效路径之一。《常州日报》也适时设置了一些新栏目，可惜原有的品牌栏目如《本报观察员》《昨夜快评》，近来很少见报了，它们应继续焕发生机。另外，头版也可以设一个导读小栏目，栏目虽小，作用却不小，等于增加了头版的信息含量，也可激发读者阅读其他版面新闻的兴趣。

（原载《现代报业》2013 年第 12 期）

晚报"天价鱼"报道导向把握有创意

"天价鱼"事件发生在哈尔滨，而一方当事人为常州游客，网曝后又引发社会广泛热议，对此，《常州晚报》及时跟进，运用自行采写与整合相关信息的方式，进行连续报道。

"天价鱼"事件情况复杂，涉及面较广，舆情又多次反转，于是晚报发挥创新思维，抓住事件发展进程中的舆情热点和重点问题，在正确反映事实的基础上，重视把握舆论导向，积极引导，较有创意，优化传播效果，独到的做法值得关注。

一、抓关键，用事实说话

该事件由微博用户举报，未几，网络舆情来回反复，一时间发生争议。于是首先有必要搞清楚那顿饭中的东北鳇鱼单价高达398元是否"宰客"。2月16日的首篇报道，《那顿万元"天价鱼"餐实际花了7 200元》以组稿的方式，在交代事件起源和最新进展后，便落笔本地，接连从常州三家鳇鱼餐厅了解了鳇鱼销售价格。有曾在哈尔滨经营铁锅炖鱼多年的老板介绍，在东北，鳇鱼不是什么珍贵食材，餐厅一般卖不到100元一斤。有开连锁店的老板表示，全国各地都能吃到鳇鱼，价格大多在118元一斤。报道精选调查对象，可信度强；同时又引用网曝消息，有浙江游客同店消费被宰实情，以此引导读者作准确判断。

此外，报道还预留了一个重要问题：哈尔滨松北区发布的调查通报认为，"店方明码标价不违规"，并举出《价格法》相关规定为依据（对此，报道后续有专门评述）。

二、从法律层面精心解读

随着"天价鱼"事件的进一步发展，网民热议的话题也多了起来。2月20日，"城市·聚议厅"版面，有针对性地推出了《"天价鱼"事件全国热议，常州三律师"法眼"冷观》，常州三位律师表达了对于"隐藏在这起事件背后的种种法律问题"的详细评说，包括"大堂有公示，就算'明码标价'了吗""店方的行为是否构成消费欺诈""店方代签账单，有何法律后果""餐饮服务许可证过期，店方要作10倍赔偿吗"等。

如上面提到的有关部门的调查认为"店方明码标价不违规"的问题，律师同样按《价格法》指出，虽然鳇鱼销售价格不存在政府指导价，不在政府定价范畴之内，是经营者自主制订的市场调节价，但是《价格法》同时也规定了"公平交易"的原则，经营者的定价应当遵循公平、合法和诚实信用的原则，违背这一原则，也就谈不上真正意义上的"明码标价"。又如，关于店家标榜"野生鳇鱼"，这一行为是否属于欺诈，律师也按照法理逻辑进行了细致的分析。值得一提的是，律师的评析中，还运用了"争论"的方式，这样不仅做到了使人知，而且还引人思，增强了新闻舆论传播的引导作用。

另外，报道最后还特别提到，"消费者自媒体维权，也应当注意规避风险"，这是结合当事人陈先生发微博维权的过程中也有些欠妥的做法而提出的，这样的提醒很有普遍意义。

三、对舆情反转的宏观评析

"天价鱼"事件，仅数天时间，舆情就出现多次反转。对此，《常州晚报》从宏观角度予以关切，在 2 月 18 日《哈尔滨"天价鱼"饭店被责令停止营业》的组合报道中，回顾梳理舆情反转的同时，配发"央视评论"；《剧情多次反转是对政府公信力侵蚀》指出一次质量不高的调查，可能让一起风波衍生出"次生舆情"，对相关政府部门的公信力造成侵蚀，文章进而强调，事件调查应尽快弄清是非曲直，给公众以令人信服的结论，以取得良好的社会影响。这是"天价鱼"报道舆论引导的一个拓展和深化。

四、"天价鱼"报道尚有不足，提一点改进建议

从报道的整体考量，主要不足在事件的最终处理部分。2 月 22 日，晚报刊登新华社消息，《哈尔滨"天价鱼"店主被罚 50 万元，同时对相关责任人启动问责》，这是宣告事件的结局，一般来说，发了这条消息，报道也就完毕。可是对《常州晚报》的这个报道来说却不然，不够圆满。纵观报道的前面几个环节，显示出一个共同点，那就是在报道消息的同时，还用自家的方式"发声"，对"天价鱼"事件做出了较为独到的引导解读。为此建议，在事件结局的这个重要环节，不宜悄然"失声"，最好能通过对事件的反思来提出改进工作的建议，要努力为广大消费者提供放心消费的环境，这样一个重要话题，应该请相关人士也来"聚议厅"，结合实际感受"聚议"一番。因为从全局的高度，对"天价鱼"事件进行深入解读，也是对整个报道引导作用的提升。

（原载《现代报业》2016 年第 1 期）

《"三块地"》新闻传播的价值提升

《常州日报》于 10 月 27 日至 29 日连续三天推出《"三块地"》长篇报道，三篇报道集中反映了常州市武进区大胆探索，先行先试，对农村征收土地、集体经营性建设用地和宅基地"三块地"进行了制度改革，取得了突破，形成了丰富经验。

报道对相关经验进行精心解读，着力提升新闻价值，强化新闻传播对受众的有用性和影响性，很有特色，引人瞩目。

一、全局高度，凸显重要意义

报道首先在编者按中开宗明义地指出：目前，"三块地"上的制度性障碍，既阻碍了新型城镇建设，又不利于乡村振兴战略的实施。"三块地"制度改革必须尽快取得实质性突破。由此表明，武进"三块地"制度改革正是在这个大背景下应运而生的，契合了时代发展的迫切需要。

围绕这个主旨，各篇在经验解析过程中均作了相应的表述：第一篇，称武进农村集体经营性建设用地入市的改革开启了全国的"破冰之旅"；第二篇，称在武进农村宅基地制度改革中，农民用"两权"抵押贷款发展生产，这个举动开全国先河；第三篇，在解析武进农村宅基地制度改革之后，在全文结尾处引用中央派出的农村土地制度改革试点工作督察组在对武进区"三块地"制度改革进行全面调研后所作的评价，他们认为江苏省常州市武进区的"三块地"制度改革取得了丰富的经验，形成了可推广的成果。这些成果为修改和完善相关法律法规提供了支撑。

这些重要信息的整合，有利于报道的价值传播，产生良好的社会效应。

二、结合实效，动态诠释改革机制

连续报道运用多样化的方法，结合实效，动态诠释改革创新机制，使经验传播鲜活生动、立体可感。

第一篇报道开头先讲述江苏雷利机电公司 7 年前就酝酿上市，并计划通过募投项目实现转型升级，但由于项目用地属于集体性建设用地，当时不能入市，无法实现上市计划，是武进"三块地"制度改革带来了转机，江苏雷利机电公司终于竞得项目所需土地而实现上市梦想，同时雷利机电公司也成为全国首家在农村集体经营性建设用地上发展募投项目的上市企业。在此基础上，报道再细述武进区一举出台的九项相应改革政策，此项改革"破冰之旅"的价值内涵便得到了充分体现。

第二篇报道中，讲到让农民能用"两权"抵押贷款发展生产。报道采用层层递进的方法，先举一位农民两次办理"两权"抵押贷款得益的实例，接着列举武进区制定的一系列相关政策，然后进一步着重说明这项改革中的两个关键环节：一是区政府投入 1 000 万元，设立"两权"抵押风险补偿基金，二是银行积极参与。这样的解读使读者能清楚地领会为什么这项改革能让农村宅基地和农民住房这块"死资产"变成"活资本"，从而在一定程度上化解了"三农"融资难题。

第三篇报道则巧妙地从开展改革工作的良好效果切入：一项国家重大水利工程需要在湟里镇进行土地征收以及房屋拆迁，7 个行政村的 300 户农民在 3 天内全部签约，原因是在签约前先让 300 户农民全面了解了这项改革的多元保障机制。于是，报道顺理成章地对住房安置保障、社保和就业保障的详细做法，一一做出诠释。

通过这些生动的诠释，武进"三块地"制度改革的经验自然成为读者心目中有用的信息。

三、语言表达精到，为价值加分

连续报道的语言表达精确，也为新闻价值的传播加分，略举几处为例：

　　题记简明。每个题记仅两句，第一篇："农村集体经营性建设用地入市在这里破冰前行。它的作用一举多得。"第二篇："武进农村宅基地制度改革，把宅基地与它上面的住房合在一起进行，使它们既有偿退出，也可用作抵押贷款。对超面积部分，则实行有偿使用。"第三篇："武进农村土地征收制度改革，不仅建立多元保障机制，而且让不少被征地拆迁农民成为股东。同时，这一制度改革还有利于缩小土地征收范围。"以此引导读者，抓住要领，轻松细读长文。

　　归纳精当。在详述改革举措之后，往往需要进行归纳。精当的归纳，能起到理性深化的作用。如第三篇中，在讲述"以房权换股权"之后，接着这样归纳："这一改革之举，求得了节约用地、政府减压和农民增收的'最大公约数'。"此外，讲述农村土地制度改革，在缩小土地征收范围的同时，倒逼各有关方面高效利用土地，对此，文章归纳称之为最大程度实现"精明增长"。

（原载《现代报业》2017 年第 4 期）

《热点·深观察》：以深度打动读者

互联网时代，人们对报纸的第一需求，不仅是获取信息，还在于获取思想。报纸既是新闻纸，也是思想纸。《常州晚报》以头版地位设置的《热点·深观察》专版，以整合报道的形式，对广受关注的热点问题，进行深入剖析，以思想吸引和打动读者，引导舆论，给报纸增添了活力和深度。

一、聚焦新问题，回应新关切

《热点·深观察》视野广阔，针对社会生活各方面反映强烈的新事件、新案例、新话题，结合公众的思想实际，进行深入细致的报道，着重进行思想观念引导，提供丰富的思想营养，回应读者的新关切。

报道涉及面广泛，有关于司法方面的，如1月24日《无过错，不担责，司法佑护正能量》，阐明备受关注的"电梯劝阻吸烟致死案"二审改判所具有的"标志意义"。

有关于文明素养提升的，如2月2日《漠视规则的群体情绪，请别扯上"爱国"二字》，批评不当维权的过激行为，指出"理性，才是大国公民的心态"；1月10日《通融，是对遵守规则的人最大的不公平》，批评"扒门阻拦高铁发车"的不当行为，强调遵守规则是对大众最好的保护。

有关于规范和完善公共服务的，如1月20日《完善全流程监管，杜绝"幽灵餐厅"》，1月16日《谁来帮他，保留一个有尊严的生活场景？》。还有关于教育方面的，如1月27日《你以为孩子读到博士就是赢家了吗？》，1月27日《回答不了"厚重感"的问题并不是孩子的错》。

这样的深度报道有助于提升读者的思想水准和认知能力。

二、思考有深度，凸显思想厚度

从报道文本来看，这体现在三个方面：一是对事件和问题的剖析透彻，二是热议辣评深化认识，三是观点阐述深刻。

如《漠视规则的群体情结，请别扯上"爱国"二字》，报道层层深入展开，先对3起中国游客在境外因航班延误发生冲突时，唱国歌或高喊"中国"等行为进行梳理；接着在"影响"环节，引用国内网友对此的不同反应——有的表示理解，有的认为"丢人"，还有不少网友认为，在国外机场一激动就高喊"中国"非常不妥，"这样聚众喧哗，至少在别人看来已经是没有素质、没有礼貌的表现"；在接下来的"态度"环节中，引用外交部的呼吁，对"理性维权"进行阐释；最后在"观点"环节中深刻阐明观点：理性维权，别拿"爱国"说事。理性，才是正直的大国公民心态，势利的"爱国主义"伤害的是国家形象，更多的个体健全和强大，才能证明祖国真正的强大。

在《热点·深观察》报道中，有的不仅提出有价值的观点，还进一步就事件问题，提出反思或追问。如 2 月 10 日的《一个正常社会，不能总是让常识屈服》，在杭州"保姆纵火案"一审宣判后，表达了"以司法抚平伤口，以司法恢复正义"的观点，进而反思，"保姆纵火案"考验了太多常识，最后希望"一个正常的社会，不能总是让常识屈服"。又如 2 月 28 日的《别光说别人不懂你的美，敢拿疗效说话？》，针对这几年颇为热门的养生产品不断引发的种种争议，报道最后部分对其性质作出评判——"这其实是中西医学之争"，进而追问"阿胶之争背后有多少科学问题"。这样的深化思考让人从更高的层面，增进见识，提高认识。

（原载《现代报业》2018 年第 1 期）

《档案柜》：激活常州的人文记忆

　　档案是历史的真实记录。《常州晚报》的《档案柜》专版，以新闻报道的形式，将尘封的历史遗存，化为鲜活的动人故事，激活我们这座城的独特人文记忆，对给予广大市民精神慰藉，增强城市文化认同，起到了良好作用。

一、一项特别的文化开发工程

　　《档案柜》所刊内容覆盖经济社会、生产生活、伦理教化、民风民俗等方方面面。报道除了单篇，更有精心策划的专题系列："寻访常州的老街巷"，如《湖塘老街，一个留得住乡愁的地方》；"寻访常州大宅门记忆"，如《听夏家大院主人，讲老常州的豪门光阴》；"寻访常州老味道"，如《半个世纪以来，常州人婚宴上都吃什么》；"寻访常州老小区"，如《30 年前，红梅新村曾骄傲吸粉〈人民日报〉》；还有"我们的老字号系列"，如《到德泰恒办婚宴，在当时是身份的象征》。最近，从 6 月 10 日起，又新开了"档案里的 40 年·城作"专题作为改革开放 40 周年的纪念特刊。

《档案柜》报道的选材具有标志性的常州特色，有些还是在国内产生较大影响的常州之"最"，如《这些常州人，创造了中国的数个"第一"》（第一个会计，第一位女教授，最早、最年轻的导师）、《常州最早的自行车"骑士"，80 年前就闻名上海滩》、《中国三大印泥之一的龙泉印泥就产自常州》等。

《档案柜》从独特角度进行文化开发，报道因其丰富的人文内涵而具有较强的吸引力和可读性。

二、深耕文化底蕴，凸显时代变迁根脉

1. 细心寻访，细致开掘

从具体题材出发，细心寻访，细致开掘，展现动人心弦的故事内涵。

如对奔牛老街的细致开掘，去年 7 月 15 日已刊出《奔牛老街：昔有繁华驻，今留韵味在》，而当记者看了读者充满念想的留言后深深觉得，老街之所以吸引人，更多的是因为"悠长岁月里依然不变的人情味"，于是在事隔半年多的今年 3 月 17 日又发了续篇《带着读者的记忆，感受奔牛老街藏着的那些小美好》，再次呈现老街上醉人的人情味和市井气。

这样的细致开掘，形式多样，各具特色，又如去年 7 月 22 日刊发的《沪宁铁路为何在常州段绕弯西行，绕弯的背后或许和盛宣怀有关》，报道在讲述与新闻相关的盛宣怀事迹之

后，又以链接方式说明"沪宁铁路是中国发展的见证者"，这样的延伸增加了历史的厚重感。去年9月16日刊登的《看一看老常州"大宅门"内的家风家训——从修身、出仕到待人接物，各有"说法"》，则以主题整合的方式，组合了李氏、何氏、庄氏三家名门的相关事迹，这个做法的意义诚如导语所说，"有些家训，放在如今的大时代，依然是警世之言"。

2. 新旧观照，发展与反思

以常州餐饮业发展为例，长期以来，沪宁线上的常州餐饮一直是一道亮丽的风景线，《档案柜》对此进行报道，新旧观照，对比叙述中包含着反思和探讨。

如6月3日刊登的《全国餐饮看江苏，江苏餐饮看常州，20世纪八九十年代，常州餐饮如何始成沪宁线上独特风景线》，全面回顾了常州餐饮由国营、集体转型后几个阶段快速发展的情形，形成了鲜明对比，餐饮业相关负责人表示，常州餐饮之所以享誉全国，和改革开放后常州餐饮业较早的市场化有很大关系。这样的回顾和反思在一定程度上包含着历史的经验。此外，2016年5月22日，在对常州老字号"马复兴"发展变迁历程的报道中，该店总经理在企业历经多重变化后，这样反思：全国扩张的模式，不适合"马复兴"。总结中有反思，具有较深刻的意义。

3. "最想保护的东西——精神"

这话是"我们的老字号"栏目在2016年12月11日刊发最后一篇22家老字号报道时，在"编后"中的深情感言，弘扬"精神"正是《档案柜》诠释地方文化底蕴的一个核心内容。

《西夏墅，中国工具名镇背后——一把刀，半个多世纪的"匠心"传承》（2016 年 12 月 16 日）体现的就是"老辈人的干劲和情怀，新一代人的创新和突破"的"匠心"精神；《新技术和老传统相结合，五代人的小目标：把黄酒酿到极致》（2016 年 12 月 11 日）叙述了五代人代代相传不断改进，使酿酒工艺越来越精湛的故事，这就是追求极致的精神；《声名卓著的巢氏医家——将研究中医的传统延续了数百年》（2018 年 3 月 4 日）体现的是巢氏后人在中药研发方面创新、弘扬中华文化的独特人文精神，以及所有"老字号"从业人员"都在为延续整座城市的历史而努力"的执着精神，等等。这些精神正是一个城市的发展之魂。

《档案柜》从 2016 年始发，至今不辍，为增进常州市民的文化认同而不断努力，值得称道。

（原载《现代报业》2018 年第 2 期）

为"新出路"导航　讲好贴心故事

——评《常州日报》"小农户的新出路在哪里"系列报道

6月5日至6月12日，《常州日报》推出"小农户的新出路在哪里"专题系列报道，共6篇，用故事化方式诠释小农户的"新出路"。故事讲得有特色，很出色，贴小农户之心，也贴读者之心。

一、观大局，适时提出大问题

系列报道的编者开宗明义地引用数据表示，目前我国小农户数量超过2亿户，改革开放后农村生产经营主体由生产队变为小农户，释放了农村生产力，小农户的生活大大改善，但是目前我国发展不平衡、不充分问题，在农村依然最为突出。《常州日报》正是着眼于这个大局，提出了小农户"新出路"之问，并提供了具有示范性的6个样本，加以诠释。

报道从这6个样本——6个小农户家庭的发展变化入手，以故事化方式呈现。像种红香芋的陈小六这样一家一户的"小船"，是挂上了现代农业产业化的"大拖轮"后才有了大出路；种芹菜的刘峰改进祖传"辅业"，成为种植专业户；种了几十年地的靳传龙，在村里建立农场后变成"农业工人"；在产业园上班的吴琴仙家靠夫妻俩"人和"的努力，更靠产业结构调整的"天时"和区域经济发展的"地利"，走上了新出路；由农村来到常州做家政服务的郭云兰，是城镇化让她家有了新出路；村民刘斌夫妇在实行家庭联产承包责任制后，不断优化经营业态，当了农庄的主人，成为"大农户"。

好雨知时节，这个专题系列报道是"知时节"的适时之作。

二、故事讲得有特色，很出色

1. 巧设叙事结构

系列报道巧设叙事结构，情节生动，具有吸引力。有的平中见俏：写刘峰一直种水芹，平实中凸显他种植销售高品质绿色蔬菜不断有新作为。有的先抑后扬：写吴琴仙结婚后仅靠种地和打工不断借新债还旧债，直到进入村里的产业园工作后，负债才还清，并渐渐宽裕起来。有的层层递进：写刘斌夫妻一路上三次"转身"，优化经营业态，终于成为"大农户"。

2. 叙事中自然诠释"新出路"的发展历程

"新出路"多种多样，其发展历程也多样化呈现，并且与人物故事有机结合，具有生活气息。第一篇写种植红香芋的陈小六虽然过上了"老婆、孩子、热炕头"的日子，但还是感到积蓄不足，种植、销售也碰到不少困难，大转机是加入了红香芋合作社。由此，文章便顺理成章地讲起合作社采用"基地＋农户"的产业经营模式及其发展情景。第二篇通过写靳传龙成为"农业工人"的经历，自然地讲述了村里通过流转土地、进行种植大变革、建立农场实行机械化规模种地的重要环节，以及农场的发展得到了国家的政策支持的大背景。对于农场外更多的村民到镇上的工业园去就业，也是通过靳传龙的感受加以陈述，并说明村、镇、区协调发展的重要性。

此外，小农户走上"新出路"也离不开自身思想观念的转变和素质的提升，这在系列报道中也有较为生动的记述。

3. 文字上体现出一种诗化的风格

系列报道文笔流畅，情感饱满，题记、内容在文字上均体现出一种诗化的风格。如这样的题记："其实，我家只是一条小船。"陈小六说。——挂上现代农业产业化"大拖轮"后，他家才有了大出路。（第一篇）"进城后我搬了几次家，终于有了自己的'家'。细想想，还是值得的。"郭玉兰说。——城镇化，让她家有了好出路。（第五篇）灵动的笔触，从人物的感受感悟切入，使报道有了质的提升，耐人品味。

又如，系列报道这样写人物和生活情景：第三篇写靳传龙当了"农业工人"后，"无论是碾米，还是在地里干活，靳传龙都很卖力。他每天骑摩托车上下班，一路任风在耳边呼呼地吹"。是何等的欢快，令他这般神采飞扬！在本篇结尾，写村民们走上新出路后，有了新的生活方式，"现在，不少村民也有了散步的习惯。吃过晚饭后，他们沿着木栈道，走过稻田，走过鱼塘，一路悠闲"。几笔白描便勾勒出洋溢着诗情画意的村民散步图。还有，如第五篇结尾写城镇化让郭云兰由乡下人变成了城里人，报道说她"还有个小心愿，就是想去补拍一次婚纱照，配上漂亮的画框，放在家里，自己看着也好"，接着补了一句："说这话时，郭云兰脸上红了一红。"巧点一笔，直达人物内心。不难理解，当时的郭云兰心里有多少"诗情"！全文以此作结，引人回味。品读这些文字，让人感受到报道用语的简洁明快、生动质朴之美。

　　系列报道出自多名记者之手，文字上这种诗化的风格各篇都有所体现，较为协调，这也是值得称道的。

（原载《现代报业》2019 年第 3 期）

文史专家访谈　共谱运河心曲

穿城而过的大运河孕育了常州文化，是常州人的母亲河。2018 年 12 月 11 日至 24 日，《常州晚报》推出新闻专栏"运河访谈"系列报道，共 6 个篇章，与本市 6 位运河文史专家沿着运河发展的时代脉络，说运河往昔，看运河变迁，寄托运河情思，畅想运河未来。

访谈系列是"运河常州"大型融媒体新闻传播行动的收官之作，报道情浓旨远，凝重大气，图文并茂，引人瞩目。

一、策划呈现宏大主题的最佳组合

运河访谈报道有个宏大主题：说运河往昔，看运河变迁，寄托运河情思，畅想运河未来。6 位运河文史专家从不同角度倾情讲述各自对于运河保护的所作所为、所感所思，形成了阐释这个主题的最佳组合。

《邵志强：一直梦想着，保护母亲河，成为常州人的一种生活方式》（访谈系列之一）报道了邵志强长期致力于常州大运河遗产保护工作，并撰写《常州运河史话》（合著）的故事；《沙寿元：再现旧时的繁华，续写运河文化》（访谈系列之二）报道了沙春元多年来一直从事大运河保护与建设的研究与策划工作的故事；《薛焕炳：活化的运河，是我的情思》（访谈系列之三）报道了薛焕炳着重研究常州运河在中国大运河中的历史地位的故事；《汤德胜：用光影，带着大运河走向世界》（访谈系列之四）报道了汤德胜50年间拍摄2万余幅"光影里的大运河"记录大运河的历史变迁，被誉为"中国大运河摄影第一人"的故事；《张戬炜：运河是流淌的乡愁，是"诗和远方"的启蒙》（访谈系列之五）报道了张戬炜对大运河常州段的保护和开发的深入研究；《季全保：用画笔留下运河文化的记忆》（访谈系列之六）报道了季全保长期以来用一系列画作记录和还原常州的运河景象，传播运河文化的故事。

"运河访谈"策划这样的文史专家组合，看似偶成，其实是颇具匠心的。

二、以情领事，以事述"史"

系列报道每篇由"运河情思""运河印象""运河未来"三个部分组成，前两部分重在以情领事、以情述史。

"运河情思"中，专家们从运河畔成长的童年趣事切入，描述脑海中母亲河的模样、温暖的生活场景，抒发魂牵梦萦的牵挂，感念大运河赠予的美好童年时光，同时也种下了保护和研究大运河的梦想。

"运河印象"中，6位专家各自以运河重点景区为依托，讲述运河情缘和独特的感受，阐述常州运河的历史地位和文化个性。

在东坡公园，邵志强赞美东坡公园是常州近千年文化感情的流露，他曾以朝阳桥看半月岛、仰苏阁等角度，拍了不下1 000张照片。在西仓桥，沙春元回味往昔"白天船只千帆竞发，夜晚泊船绵延不断"的繁荣光景，充满感慨。享穿月是薛焕炳在"西郊八景"中印象最深的，他由此评价"西郊八景"是常州运河的历史画卷，八景之美寄寓着常州人的人文情怀。对于青果巷，汤德胜的感受是"一条青果巷，半部常州史，那里出现了太多的名流雅士，是最能体现常州人文底蕴的地方"。他详细回顾了20世纪80年代初，为航拍青果巷和大运河全景照，他被五花大绑吊在敞开的机舱门口的情景。在张戬炜的心中，石龙嘴承载着常州人的智慧、乡愁和文化内涵，他细解石龙嘴是分水工程后指出，"襟江带湖"的说法和"江湖汇秀"的石碑，正好道出了石龙嘴的文化意义。季全保说大运河既是自己的情感归宿，也是自己的创作源泉，他正在全力以赴继续创作运河长卷。

情、事、史有机融合，读来趣味盎然，读者容易产生共鸣。

三、荟萃真知灼见，为运河文化传承增辉

访谈系列第三部分"运河未来"，荟萃专家们对保护和传

承文化提出的设想和建议，这些设想和建议出自对运河文化的深切感受和深入研究，因而富有真知灼见。

邵志强和其专家组成员，曾提议借鉴巴黎、威尼斯等城市的做法，在常州运河段打造水上码头、常州工业遗产公园。如今，水上巴士码头、"运河五号"都已建成，大运河成为不少常州人宜居、休闲、怀旧的地方。邵志强一直认为，保护母亲河应该成为常州人的一种生活方式，为此，他还提出了其他新的建议。

对于运河沿线现已消失但具有一定历史文化价值的历史建筑和园林，沙春元提出可以有条件地加以复建和再现。他一直热心研究策划"五园汇秀"园林群，并绘制了长达3米的水墨长卷《五园汇秀图》；他又认为大运河的规划建设不能一味平铺直叙，要有高潮起伏，突出重点，为此建议复建史称"三吴第一楼"的大观楼。

汤德胜对运河沿线的功能照明和景观照明提出新的设想，让运河沿线的老建筑、楼宇也同时亮起来，用光线、影像把运河故事、常州人文历史有机串联起来。

专家们的设想和建议，对运河文化的保护和传承具有重要价值。

（原载《现代报业》2019 年第 1 期）

迈进地铁时代的嘹亮欢歌

——两报地铁 1 号线开通报道特色点评

　　围绕常州地铁 1 号线的开通，《常州日报》《常州晚报》于 9 月上旬至 10 月 22 日同步作了连续报道。两报的报道在相同题旨下各具特色，协奏了一曲常州迈进地铁时代的嘹亮欢歌。

一、紧锣密鼓，展观开通盛况

　　地铁 1 号线开通分两步进行，9 月 6、7、8 日三日为万人试乘活动。两报报道各有特色。《常州日报》报道的文风大气。8 日头版刊发消息《常州四套班子领导参与万人试乘地铁》，9 日 A2 推出整版特别报道《体验"百姓地铁·百年地铁"，8 万市民喜乘"红小梦"》，配以大图一幅、小图九幅；同日并有 A8"视·觉"专版报道《地铁一号线准备就绪，"红小梦"来了》，整版图文，鲜明夺目。《常州晚报》报道则亲切易读。9月7日、8日分别刊发《测时间、看"颜值"，结果满意而归》《8万乘客初体验最忙三站：翠竹站、文化宫站和森林公园站》，以组稿方式方便阅读，主报道突出市民欢乐体验，丰富内容，另有"小提醒"提供便民信息。

9月21日，地铁1号线正式开通。《日报》报道依然大气，22日头版头条通栏图片消息《地铁1号线正式开通运营》，A2版是特别报道《地铁1号线首日运营：客流量超过14万人次》，又是整版图文。此外，还在21日刊发《感受我市地铁1号线的智能化》，对1号线的"智慧运行"进行专门报道。《晚报》仍在贴近性、易读性上下功夫。先是提前于19日、20日接连在导读版隆重预告，为正式开通造势，并提供乘车相关信息，又于开通当日（21日）立即发了图文消息《地铁1号线，终于来了！》，消息从记者凌晨3点在1号线百丈段所见驾驶员整装待发情景切入，新鲜感强，有吸引力；次日，对1号线正式开通以《500多万常州人阔步迈进"地铁时代"》为题，作深化报道，也以组稿方式便于读者阅读。

二、深切感受，凸显地铁社会效应

地铁1号线开通，产生了巨大的社会效应，两报大量报道市民乘车的喜悦心情和深切感受，同时总结了地铁开通的重要作用，主要体现在三个方面：一是快捷速达改变了许多市民的生活方式，二是有力促进了常州交通发展，三是给沿线商业圈的繁荣带来利好。以《晚报》报道为例。

《常州晚报》10月22日的1号线开通"满月"报道《新的出行方式，新的生活体验》，用事例和数据较为全面地体现出这三个方面的社会效应。"从出行方式到生活半径的变化"中，讲到家住华润国际的小周乘地铁上下班，既缩短了不少时间，又节省了"经济成本"；家住市中心的高先生自地铁开通后连运动都勤快了许多，几乎每周都会坐地铁到新龙生态公园踢球。"地铁缓解了城市交通压力"中，列举多种数据说明，一个月来全市早晚高峰交通指数呈下降趋势，晋陵路、红梅路、通江路以及高架交通运行情况明显改善。"地铁对沿线商业的带动已初露端倪"中举江南环球港、新龙生态森林公园客流和营业"暴增"的数据，说明地铁1号线产生的积极作用。内容切实生动，读来令人鼓舞。报道还引用城市规划专家的话前瞻性地指出，地铁建设对整个城市的社会经济、产业发展和城市生态会带来积极而深远的影响。

三、解析"超级工程"，弘扬"双百"精神

常州地铁是常州城建史上投资最大、建设周期最长、专业系统最为复杂、社会关注度最高的"超级工程"。工程建设以"百姓地铁，百年地铁"为目标，在实践中体现了奋斗合作的"双百"精神。两报于9月11日同时刊发专稿，《日报》为《在1700多个日夜里》，《晚报》为《5年，铸就常州"双百"地铁梦》，二者分别对工程建设进行了解析。两报的解析

内容大致相同，文字表达同中有异。

《日报》报道中用"这是一个历史性时刻"一句开头，以磅礴的气势引领全文。文章主要从地铁公司三位主要负责人的视角切入，结合他们亲力亲为的感受，分"载入史册的'超级工程'""从'史上最严'到'百年地铁'""全城'一盘棋'"三个部分阐述。内容厚实，气势和格调与报道主旨相吻合。《晚报》报道灵活运用对地铁公司主要负责人的采访所得资料，注重从市民乘客体验的角度切入。如导语这样开头，先写"9月6日常州地铁1号线万人试乘首日，'红小梦'迎来首批体验的市民"，由此引出胡导云也在首批体验者之列，然后介绍他是市轨道发展公司副总经理、建设分公司总经理，及他对5年来为之奋斗的日与夜的感慨。又如，报道第二部分讲建设者们兢兢业业紧抓施工质量，践行"双百地铁"的事迹。开头同样先讲市民乘车体验，前几天，许多去地铁1号线体验的市民觉得，常州人造的地铁不仅便捷，还"老舒适"，由此，从"这份舒适与便捷的背后"着眼，引出建设者们践行的事迹和业绩。第三部分介绍地铁1号线建设中攒下的许多"常州经验"，也是从很多乘车者的感受说起。这些也正体现着《晚报》的亲切易读特色。

（原载《现代报业》2019年第4期）

宏观视野　精确叙事
——评《武进日报》"增强
四力项目行"系列报道

4月4日至6月5日，《武进日报》推出"增强四力项目行"大型采访活动系列报道，共6篇，报道选取6个重点项目为样本，全方位、多角度反映了武进区在"五个三年行动计划决战年"的项目建设进展和项目的时代价值，展现了武进区经济社会改革发展成就。

《武进日报》在增强"四力"实践中，勤学力行，报道锐意求新，力求以简洁明快的表达方式，在宏观视野下精确叙事，彰显了新闻的时代性、有效性。

一、项目选择，把握创新发展时代特征

"增强四力项目行"选择的6个重点项目，从不同层面鲜

明体现了创新发展的时代特征，很具有代表性。

《"烯"望小镇，春天的故事》反映了西太湖石墨烯特色小镇从 2011 年武进创全国之先，成立全球第一家石墨烯研究机构发展而来；《百亿坤泰，撬动常州汽车版图》从核心技术突破开始，为全市汽车产业注入强劲动能；《"无中生有"崛起造车新势力》讲述了理想制造常州基地以充满自信的魄力和智慧，追求智电汽车产业实现从无到有的新跨越；《武进好声音，为何能领跑世界》《大明路通车，畅通东部"血脉"》《"深圳技术"牵手"经开速度"，如何扇起锂电池隔膜领域"蝴蝶的翅膀"》所反映的项目也都在创新发展的道路上，砥砺前行，卓有成效。

"增强四力项目行"聚焦这些重点项目，展现了武进经济社会改革发展的新壮丽图景，弘扬了"敢为天下先，争当第一流"的阳湖精神，给人以很大鼓舞。

二、捕捉生动事实，诠释创新活力

系列报道深入项目生产施工现场，捕捉生动事实，诠释创新活力，方法多样，亮点突出。

有的巧用时间跨度形容建设速度。《百亿坤泰撬动常州汽车版图》中，对首款拳头产品的成功生产，用极简的语句，列出五个时间节点，从项目签约落户、开工奠基、样机发布、设备进场安装调试到产品试生产，总共仅耗时 16 个月，建设速度"令人惊叹"。

有的描述运用高科技使生产发挥强大动能。从《"无中生有"崛起造车新势力》中可以看到，理想制造的一个焊装车间，有241台工业机器人，一个车身共有6 259个焊接点，全靠机器人自动操作完成，精度高，效率快。从《"深圳技术"牵手"经济速度"，如何扇起锂电池隔膜领域"蝴蝶的翅膀"》中可以看到，一台小型高精度检测仪匀速"行走"在薄膜上，自动检测产品的缺陷并将数据反馈到显示器上。

有的重点讲述项目中的难点攻克。大明路通车项目中，宋剑湖大桥主桥施工是最大的难点，报道抓住现场拼装、焊接安装上攻克难关的事迹及全桥不用一颗螺栓的细节，徐徐道来，令人心动。

这类报道体现出记者精细的观察眼力和精确的表达功力。

三、精做细作，增强报道思想性

一是叙事紧密结合人物思想动态。《"无中生有"崛起造车新势力》这篇报道叙事的各个环节都紧扣理想公司创始人李想的思想活动，写法很有创意。第一部分写李想瞄准新能源汽车这一领域的心态，认为这是自己创业梦想的一次全新跨越，而"采取自建工厂，是对汽车行业的敬畏和品质的追求"；第二部分写新车发布会上，李想充满自信；第三部分写他把自主研发的新车看作一种"无中生有"的尝试，同时也为武进国家高新区产业发展带来了"无中生有"的效应。

二是精心拟定标题，凸显思想内涵。《"深圳技术"牵手

"经开速度"，如何扇起锂电池隔膜领域"蝴蝶的翅膀"》报道的标题以形象化的语句表明，这个项目具有产生"蝴蝶效应"的重要意义，并用提问方式引领报道抓住要领，在回答"如何扇起"上做足文章。

一点改进建议。有的报道还停留在成果汇报的层面上，需要用事实来回答成果是"怎样"通过努力而获得的。《武进好声音，为何能领跑世界》历数瑞声科技种种重大成果，内容丰富，但要是能进一步抓住某个节点，如"几经努力"试制出的产品一举替代了进口产品，将一言带过的"几经努力"，改用事实说明"怎样努力"，报道会做得更为深入，"为何能领跑"的主题会表达得更深刻。

（2019 年 6 月 18 日武进区委宣传部新闻阅评座谈会用稿，一同参评者为《新华日报》常州记者站原站长匡启健、常州工学院人文学院新闻系主任印兴娣）

捍卫生命的"逆行"实录

——读常州日报《驰援武汉医者日记》

新冠肺炎疫情突发，武汉告急，1月28日，由29名队员组成的常州医疗队，加入江苏省第二批援鄂医疗队抵达武汉。31日，《常州日报》迅速在A2版特别报道中推出连线专题《驰援武汉医者日记，抗击新冠肺炎疫情：救治患者在一线》，自1月31日至3月6日，已刊出队员日记28篇共80多则。

日记以质朴的语言记述了医疗队员们在一线救援过程中的细节和深切感受。

一、临危受命　赤诚担当

日记感人肺腑的首先是医疗队员们临危受命、勇于担当的赤诚之心。

医疗队队长、常州一院的周曙俊讲到，对这次紧急出征，队员们思想统一、斗志昂扬、信心十足。当然，要说家里人不牵挂也不可能，大家聊天时说，最支持自己的就是丈夫或者妻子，最担心的是父母。"其实，我也是。出发前的那个晚上，我回家跟父母见了面，他们只说保护好自己，平安回来。他们是支持我的，眼神里的担忧我却也能看出来，能感觉到它的分量。"

2月1日，常州一院呼吸与危重症科副主任闫延赞在疫情初期就得知有老师和同窗陆续到了武汉前线，他也想与他们一起和武汉同胞们并肩战斗。他在日记中详细回顾了妻子、父母支持他上一线的经过和自己的心情："他们全力支持我上一线，踏上征途的那一刻，我的心情还是有点复杂，既有'苟利国家生死以，岂因祸福避趋之'的豪情，又有对家人的牵挂和愧疚之心，路越远，情越深。"日记随后提到，同在一院工作的妻子把上级和院领导所送的慰问金全部捐出，也表达了为疫情出一点力的愿望。（2月28日）

再如，常州一院ICU主管护师陆素英在武汉一线被吸收为预备党员。当日，她对自己在这个特殊时期的入党动机进行了重温和梳理表示："是的，我申请加入中国共产党，是为了向先进学习，向优秀党员看齐，以守护患者的健康为己任，希望自己为年轻护士起到先锋模范作用，影响到更多的人，更好地为患者服务。"（2月24日）

这些可敬的人平时就在你我身边，在国家和人民需要的时候，他们不畏艰难，挺身而出，把去一线抗疫作为践行医者天职的新的挑战。

二、医者仁心　医患相亲

在捍卫患者生命的过程中，医疗队员付出的点点滴滴都渗透着仁爱之心，医患之间结下了不可磨灭的亲情。

"今天，我和当地医护人员一起查房，检查和评估患者病情，及时调整治疗方案。查房过程中我们对患者同步进行心理疏导。借用特鲁多医生的格言——'有时治愈，常常是帮助，总是去安慰'。是的，总是去安慰。防护服隔离了病毒，但隔离不了我们的心。"（市二院呼吸与危重症科副主任毛正道，2月9日）安慰，使患者坚强，医患结成了与疫魔作战的同盟。

"今天为一位老奶奶输液打留置针。我猫着腰，隔着厚厚的护目镜，戴了3层手套，半点血管的波动感也触不到，渐渐地我的腰也吃不消了，只能单膝跪在地上撑着点。终于，一根细细的血管被我找到了。奶奶用另一只手跷起大拇指：'江苏的姑娘手真轻，不疼！'打针怎么可能不疼呢，这位可敬的武汉奶奶的坚强和对我的认可，让我受到鼓舞，我同样也为奶奶竖起大拇指。"（常州市中医医院重症医学科护师王洁茹，3月4日）在攻坚克难的路途中，相互贴心照应、鼓励，会产生一加一大于二的力量。

"病房里，很快来了第一批患者，走在最前面的是一位上了年纪的阿姨，佝偻着背，拎了很多东西。我正打算上前帮她拎，她似乎知道了我的用意，急忙退后一步，将头偏向一旁，一边捂着脸上的口罩，一边冲着我摇手：'你别过来啊！'我鼻子一酸，心里五味杂陈，调整语气说：'阿姨，没事儿，我穿着防护服。'没等我说完，她索性转过身，背对我提高声音道：'不用，不用，谢谢你姑娘，你走在前面就好。'"（溧阳市人民医院呼吸科护师史云奇，2月17日）医者把患者当作家人，患者也把医者当作亲人。这就是爱。

因为有爱，所以温暖，所以无畏。

三、安危与共　战友情重

医疗队长周曙俊说："从整队那天开始，我们就是同患难共生死的战友了。"日记里，战友们情同手足，守望相助，肝胆相照，情重义深。

有的是小善大爱。"你们进舱后，每隔2个小时就相互查看一下对方，看一下防护服有没有扯破，大家有没有暴露。""看着队友们进舱，我在舱口忍不住还是吼了一声。"（常州四院呼吸内科副主任医师张勇，2月23日）这发自内心的一声，传递着对战友安全的深深关切。"'大姐大'陆素英昨天刚给自己煮了生日面，过自己'党的生日'，今天又在驻地给我们做了一碗生日面。有道是'男儿有泪不轻弹'，但这满满的祝福和关心，真的让我不自觉地哭了。"（常州一院ICU护师赵成林，2月26日）特殊时刻的祝福，自然特别催人泪下。

有的饱含着豪情和柔情。这是常州一院钟楼院区的李静与庄涛静第一次上夜班。李静说："进舱前，庄涛静握紧我的手，我们的手紧紧地拉在一起，就在开门的那一刻，我们相互关切地看了对方，我在心底打气：'要进去了，静静，加油！'那一刻，我们知道，过了这扇门，里面就是没有硝烟的战场。"（2月20日）常州四院的袁涛和万洁、王蕾平时开玩笑自诩是四院"三剑客"。袁涛是医院第一批支援湖北的队员，她回忆说："当时她们为我送行，哭得稀里哗啦，在她们的眼泪里我看到万般的不舍和担忧。而在我出征那天，王蕾也积极报了名（后来成为常州市第二批援湖北人员）。随后，万洁为王蕾送行，送行后，万洁又转身跑回医院报了名，成为后备队员。"（3月1日）两个"静静"和"三剑客"，柔情款款，豪气冲天！

《常州日报》刊载医者日记，既是宝贵的实录，也是对医者的致敬。捧读医者日记，深受感动，不仅感动，且有所感悟：何谓坚定，担当！何谓真诚，崇高！

（原载《现代报业》2020年第1期）

记录历史瞬间的精彩篇章

——新华社现场报道"奥巴马当选演说"赏析

一、标题和导语

11月6日从《常州晚报》读到这篇新华社特供稿，首先被吸引、被打动的是它的让人出乎意料的标题:《奥巴马：变革已降临美国》。其中最觉得眼前猛然一亮的，是中间的动词"降临"。这让人至少品出了两层意思:"变革"本来是哪个国家都在进行的，美国也不会例外，"降临"分明是说这个"变革"是"新"的，而这个词语出自奥巴马之口，也就明显加重了人们对当时（11月4日）正发生的这个重大事实的感受，即这位非洲裔的美国民主党候选人已历史性地当选了美国总统。整个标题仅用一个具有动感的短句，即如奇峰凸起，把奥巴马充满自信的对支持者的承诺和担当，一下子凸显在读者面前，也体现了演说的主题，其用语之精、概括性之强，可谓精神笔力，面面俱到。读来有动人心魄的气势，给人以一种历史的厚重感。

好新闻的导语，总是以简明、快捷、易读见长。此篇导语，两小节，仅3句话。第1节开首"超过10万人4日深夜把美国芝加哥格兰特公园变成狂欢的海洋"，只一句便绘出了情景交融的演说现场。紧接着便是，当选总统的贝拉克·奥巴马在这里向支持者宣布："变革已降临美国。"开门见山，直击主题。第2节只1句话："他在这篇获胜演说中承诺推进'改革'，但呼吁支持者付出耐心，甚至提及连任。"这是对上两句的补充，也包含着悬念。3句话举全文之纲，简洁明快，无半点浮言虚辞，读之畅快，自然激发读者读下去的兴趣。

仔细品味新华社这篇报道的标题和导语，想来对那种概念性、口号化、"老汤头"的新闻标题和虚浮拖沓的导语的"变革"会有所启发。

二、场景描述和主题展现

报道演说活动当然离不开演说内容的引录，但引录如果是刻板的内容摘要，那尽管抓住了要领，恐怕也难以让人卒读。新华社这篇报道鲜活生动、可读、耐读，一个重要原因是融演说于场景的动态描述之中，从而从不同角度、不同方位展现主题。

报道主体分四个部分："变革""前路""寄语""狂欢"。第一部分"变革"虽不足 300 字，可从演说者上台到演说的开头部分，就有三处结合人群热烈呼应的描述：随着台上传来"欢迎下任总统一家"的声音，奥巴马与妻子米歇尔手挽两个女儿走上了演讲台……人群中响起一阵狂热的欢呼声；奥巴马的开场白充满激情……话音未落，欢呼声响起，不少人挥舞着手中的国旗；当写到"今夜，在这一决定性时刻"，奥巴马告诉支持者，"变革已降临美国"。"又一阵欢呼声响起。"紧接着是一个"特写镜头"：讲台下，一名非洲裔中年女子不住地点头，喊着"是的"！

在第三部分"寄语"中，这样描述演说末尾的情景——奥巴马一连说了 7 个"是的，我们能"，引起观众齐声回应："是的，我们能。"接下来也有个"特写镜头"：喧闹声中，一名女子倚在身旁一名男子的肩膀上喜极而泣。

就是在这样互动式的热烈气氛中，报道从容而明快地把奥巴马的演说"演绎"成与听众的"面谈"：奥巴马提醒支持者，胜选后面临诸多挑战，"变革之路漫长且艰难"；他呼吁支持者给他时间解决问题；奥巴马感谢选民支持，也寄语"那些没有给他投票的人，誓言成为所有美国人的总统"；奥巴马向竞选对手约翰·麦凯恩表达祝福，表示愿意和他合作。

这样的报道既显示了记者驾驭现场（描述）的娴熟功力，也体现了写作者按照新闻规律进行新闻创新的追求。

三、捕捉细节的机智和慧心

鲜明的细节，能替代广泛的描述。细节最能打动人心。新华社这篇报道之所以具有很强的感染力，丰富的细节也发挥了重要作用。上述各"特写镜头"就具有很深的内涵。再举两例。

奥巴马一家在欢迎声中走上讲台，报道这样写他们服装的颜色："一家人身穿黑色和红色的服装，奥巴马特意打了一条红色领带。"黑色表示庄重，红色表示热烈，奥巴马的红色领带是"特意"打的，此情此景，其间深意，引人回味。

开头写拥挤的人群把演讲台前的空地围得水泄不通时，这样写人群中的各种人："有老人、年轻人、儿童，还有躺在母亲怀中的婴儿，有男人、女人、白人、非洲裔人，但相同的是兴奋和激动。"这里特别值得注意的是"母亲怀中的婴儿"（而不是"怀抱婴儿的母亲"），或许婴儿并不会懂得人们为什么兴奋和激动，但是连婴儿也参加了，那么，这是怎样的一个"历史时刻"！

用机智和慧心去捕捉感人的细节，寓情理于形象之中，这是何等具有匠心地让事实说话。

四、活的新闻人物语言

在这篇对演说现场的报道中，多处写到听众的语言，这些语言无论是群体的还是个体的，由于是"活"的，所以具有独特的魅力。

在演说的末尾,奥巴马一连说了7个"是的,我们能",引起观众齐声回应:"是的,我们能。"这是何等的心心相"应"。

在狂欢的人群中,一位45岁的白人教师一下子跳了起来,随后和朋友紧紧相拥。"我要疯了,"她大喊,"这将是国家新的开始。"一位71岁的芝加哥退休校长为庆祝美国首位非洲裔总统而来:"我总是告诉孩子,这有可能,现在他们必须相信我。"不少人希望到公园内见证历史时刻。蒂尔曼便是其中之一,她说:"我想让女儿告诉她的孩子,创造历史的这一刻,她在这里。"这些个性化的语言,对于个人是特定环境中的肺腑之言,对于报道是点睛之笔。

新闻需要活的语言,活的语言是最有生命力的。

(原载《现代报业》2008 年第 11 期)

别开生面的"焦溪老街故事"

　　《武进日报》的"阳湖周末"自 4 月 17 日起新辟"百姓坊"栏目，开张伊始，推出了"焦溪老街故事"系列报道。系列报道共 9 篇，前面 8 篇从《李家父子的铁器店》到《年洪羊汤》，写的均是小手工艺经营者、小店铺主的"世家"故事，独特有新意，内涵较丰富，文字可读性强，深得读者喜爱。探究其成功原因，我认为有三点。

一、独到的取材视角

　　"故事"以新的发展的眼光，从"老"字入手，抓住"老街"中最具特色的那些代代相传、融做手艺与经商为一体的各种"世家"店铺，为他们"立传"是不乏眼力和独具匠心的。首先，因为这些父子铁器店、历经六代的豆腐汤店、传承五代人的面店、一家九口都会做裁缝的裁缝铺，以及也都是祖传的秤店、钥匙店、羊汤店，无不与普通百姓的日常生活息息相关，与普通市民有着不解之缘，因而极易引起各个层面读者的阅读兴趣，并产生一种特有的亲切感。其次，这些"世家"店铺经历了风风雨雨的变化，从中不仅透露出乡镇老街的隽永的文化底蕴，同时也在一定程度上折射出社会变革和时代演进的脚步。而这对于正在不断改革的人们，无疑也会带来某些有益的启示。从老街中发掘这样的题材，并且老中见新，应该说也是一种发现。

二、准确的主题把握

对主题的准确把握体现在从平凡中显示出人物的可贵精神。各篇报道所写的人和事都很普通，甚至平淡，而采访的重要价值正是在人们不经意处把这类普通百姓特有的精神展现了出来。这里既有手工艺经营者对所从事行当的刻骨铭心的执着，对技艺操作一丝不苟的严格，也有对所出产品和服务质量以及经营信誉至高无上的看重，还有他们的吃苦耐劳、质朴恬淡和对新的生活的追求。如作者在《陈记竹行》的开头所说，尽管那古老的店铺、手工艺作坊，"有些已经消失或正在消失，但它们的精神却如春天般生生不息"。所有这些在今天仍是不乏现实意义的。另外，故事对于有些背景的交代，对于时代脉搏的把握，也是值得肯定的。

三、朴实而富有表现力的语言

这是与所表达的内容相适应的。没有华丽的辞藻和刻意的雕琢，在亲切舒展的叙述中静静地流淌着"生活"，用看似平淡的细节凸显各种人物关系和人物心态。就我看来，它们不是散文却带有散文的韵致。《顾师傅的钥匙店》写顾建新这样继承祖业："临终前，爷爷把顾建新叫到床头，嘱托他继续把钥匙店开下去……""顾建新记住了爷爷的话，含泪重新回到了钥匙店。"对小小钥匙竟有如此深的情结！同样是写这种情结，《姚家豆腐》则同中有异："母子俩一边熟练地做百叶，一边亲热地说着话。"接着轻轻一点："原来，小儿子正在南京读大学呢，是周末抽空跑回家来帮帮父母的。"这样的交待使人物关系又有了新的内涵。又如，《年洪羊汤》写赵年洪："当年，年幼的赵年洪学的第一件事就是洗山羊的'下脚'，50年后的今天，年过六旬的赵年洪仍然坚持自己宰羊，清洗每一只山羊。"真可谓"动人笔墨不在多"。50年的时间跨度，只用"仍然坚持"一语，便为读者提供了许多想象的空间！再看《李家父子铁器店》写李桂度，1958年店铺被并到农具厂时，李因技术过硬，月工资为51元，这是全武进铁木社系统最高的工资，对此，文中写道："说这话的时候，李桂度老人的嗓门很高，脸上写满了自豪。"读着这些朴实而富有张力的文字，我想，要不是作者具有敏锐的捕捉和驾驭素材的能力，和较为扎实的运笔功底，是很难办到的。

（原载《武进日报通讯》2000年10月31日）

在精粹可读上下功夫

——《常州日报》要闻头版短消息例文品析

可以看出，《常州日报》的要闻头版重视短消息，已有较长时间了，久久为功，精粹可读的佳作也多了起来。这些作品怎样追求新意，有怎样的特色或独到之处，可以从中得到什么启发，今以 10 月 15 日要闻头版刊发的 3 则短消息为例，进行品析，以供参考。

一、小特写"小"中见"大"

例文 1：《一穗超过 200 粒》。常说要善于从会议中找新闻，这个小特写就是从在金坛召开的一个名为"全省苏南片水稻新技术新品种推广暨高产增效创建现场观摩会"的会议中抓到的一个"移动镜头"。

观摩会的主旨是回答位于指前镇的金坛稻麦科技示范中

心超高产攻关试验是否成功、能否推广等问题。这个小特写正是通过现场的"移动镜头"，简洁明快地回答了这些"大问题"。

小特写约 380 字，先用一句话单刀直入："6 辆考斯特刚在示范方田边停稳，105 位农技推广行家就纷纷跳下车，直奔田间。"旋即直叙观摩过程，报道在这里的特色是善于"聚焦"。首先是聚焦于人物心情：这些来自苏南各县市的专业人员尽管天天与稻子打交道，但站在示范中心超高产攻关方前还是"显得十分兴奋"；紧接着，由兴奋而产生行动，也仅是一句话加以描述："先是用相机、手机拍个不停，再在田埂旁蹲下身子，或干脆走到田中央，托起沉甸甸的稻穗细数起来。"最后，报道直接引用 3 位"权威人士"的话指出"点了 3 穗，每穗都超过 200 粒""已超过了预测的理论单产""金坛试种成功，明年可在苏南地区全面推广"。相关问题的结论是省作栽站站长邓建平信心满怀地下的。

还值得称道的是，这个版面上并没有按照通常做法发表观摩会的会议消息，因为仅此"小特写"足矣。这个"省略"是高明的，跳过了会议报道的窠臼。

二、"国际研讨会"报道突出"本土化"

例文 2：《我市举办第五届免疫、干细胞与疾病国际研讨会（引）市一院细胞免疫治疗领先他省（主）》。对于这样一个专业性很强，且有 15 位国内外知名专家做学术报告的研讨会，报道如何让本报广大读者爱读、悦读，是个难题。然而，这条新闻巧妙地做到了。

一是强化接近性。首先从主标题就可看出来，不说国际研讨会在市一院召开，而是突出重点，说市一院细胞免疫治疗领先全省。正文也在简要交代会议情况后，自然地着重陈述市一院的相关内容。这个内容是最容易引起本地读者关注的。

二是生动呈现事实。报道介绍了市一院免疫治疗的研究和临床成果，其中介绍开展CIK细胞治疗的情况时，除了说明16年中治疗过5 000余位患者，更举出近期一位肺癌晚期患者通过该项治疗获得良好效果的实例，使报道更具可读性。

三是恰当地运用编辑手段。为兼顾国际研讨会的相关内容，报道配发了"外国专家讲课"和"与会者交流互动"的2幅图片，并用链接的方法，对第五届免疫、干细胞与疾病国际研讨会的相关内容作了概括说明。

三、在动态叙述中巧用数字说话

例文3：《婴儿出生大增，产科床位告急（主）市妇保院正在加快改造扩展病区（副）》。

用事实说话是新闻的本质特征。数字也是事实，但在一篇短消息中大量运用数字，容易使人感到枯燥。这条短消息约380字，可以说虽让数字"当家"，但读来却津津有味。在动态叙述中巧用数字是其奥秘。

让我们随着记者采访的行踪，看报道如何巧用数字把"产科床位告急"之状，多角度地具体呈现在读者眼前，打动读者之心。

一是用数字凸显反差。从前天到昨天早晨，该院住院病人达 545 例，创下建院 30 多年来的最高纪录，其中孕产妇超过一半，达 286 个，而该科稳定床位只有 222 张。（第 2 节）

二是结合人物行动运用数字。医生、护士忙着给孕产妇们办理入院登记、床位调整等手续，产科主任袁佩已连续工作达 20 多个小时。（第 3 节）这是从医护人员方面来表达。每晚都有约 20 名产妇来住院，没床位，医院只能多方调剂，1 个病人从加床到住进病房，最多的要换 3 次床。（第 4 节）这是从产妇方面来表达。

三是用数字进行对比说明。以往，每月分娩量基本维持在 800 人左右，但今年八、九两个月，分别达到了 1 039 人、1 038 人。

为何如此具体形容产科床位告急？是印证市妇保院加快改造扩展病区、增加床位的必要性和急迫性。一句话，就是用事实来展现主题，同时也使新闻更具可读性。

（原载《现代报业》2014 年第 9、10 期）

两篇短通讯　头条精新美

5月26日、6月15日，《常州日报》在头版头条刊发了两篇来自基层的短通讯，分别为《路这头，路那头——常州无锡交界处4个村开启跨区域农文旅合作征程》《我市黄金村陕西扶贫记》。"小"题材大价值，从立意到表达，两篇通讯精耕细作，值得细细品读。

《路这头，路那头》小中见大、言近旨远

标题切入巧妙。主标题以"路这头，路那头"为报道的切入口，十分巧妙。首先，读者第一眼就被引入新闻"现场"，产生阅读兴趣；同时又产生悬念，路这头为地处常州的查家湾、焦溪村，路那头为地处无锡的泗河村、观西村，但报道对二者有何关联又引而不发，激发读者思考；随之，配上副标题"常州无锡交界处4个村开启跨区域农文旅合作征程"，轻巧地托出报道的主旨。可见"路这头，路那头"之命

题独具匠心。

叙事缜密有意趣。报道紧扣题旨，分三个部分展开。第一部分"一路连四村，旅游文化同放光彩"，细述4村地缘相近、人缘相亲、山水相连的合作发展优势，生动勾勒出4村沿路风光已形成一个文旅景点闭环的现状。第二部分"扩建村道，常锡村干部共同推动"，生动讲述了查家湾和泗河村两位村支书五六年前就开始合作扩建村道，进而积极推动跨区域合作发展的感人事迹。第三部分"构建跨区域文旅圈，期待更高层面助力"，传递了新的信息，两地跨区域的农文旅合作开始由村级层面上升到镇级层面。叙事周密细到，富有意趣。

写人物凸显精神特征。查家湾村支书顾相才和泗河村支书曹洪国是报道中的两位主角，通过他们的言行和想法，在不同的场合和背景下，体现他们的精神特征：一是有志向。五六年前，两村共同扩建村道，为的是让村民在对方村上班方便出行。如今，形势有了新的发展，顾相才参加了首届苏锡常一体化发展合作峰会，"深化合作，互融共进"的抱团发展理念，使他坚定决心，与泗河村共商两地文旅发展大计；同时曹洪国也表达了共识，把抱团发展看作一个"更大的目标"。二是有谋略。两村将原来的合作扩展到一路连四村，形成文旅景点的闭环，这是他们经过考察共同谋划的结果。

本篇报道小中见大，言近旨远，叙事有意趣，写人有思想，生动传递了新的发展理念。

《扶贫记》简洁明快精粹

制作标题，用语精致。标题"我市黄金村陕西扶贫记"看似一句大白话，而以我市之近、黄金村之小，与陕西之遥相搭配，更显示出这样的扶贫非同一般。这样的遣词造句耐人寻味。再看文中记述扶贫内容的三个部分的小标题——"扶贫""扶智""扶资"，分别选用"志、智、资"三个音近字，用心至细，用字至巧，达意精准，一字一境界。

记人记事，选材精当。如"扶志"部分，记述黄金村书记严清华怎样"扶志"，用了三项材料。先是介绍身份，今年67岁的严清华仍担任第一书记，2016年他被授予江苏省"脱贫致富奖"。接着写前年他应石泉、宁陕两县组织部邀请，为两地1 400名镇村干部作多场题目为"政治激发精气神，奋斗改变贫困村"的脱贫攻坚专题报告，通过讲述黄金村苦干实干，以产业实现脱贫攻坚和乡村振兴的故事，启发当地干部。随后写严清华在两个村走村串户，了解当地贫困家庭生活情况，鼓励他们战胜困难，改变命运。精选材料，现身说法，题旨得到了鲜明表达。又如"扶智"部分，记述被严清华派出的村合作社生产经理窦再荣专程赴两村进行软香米种植技术指导。那一年，窦再荣先后去了安康市9次，辗转于相距200多公里的两个村，手把手教合作社社员和农户。人物的精神面貌跃然可见。

首尾照应，结构精巧。报道的导语是"6月10日，陕西省石泉县池河镇良田村党支部书记刘金兰发来微信图片，感谢金坛区朱林镇黄金村党总支书记王娟寄去的软香米稻种"，报道最后仍以王娟的言行作结。王娟曾走访过良田村、海堂园村，如今她为两个村都如期脱贫而感到高兴，并表示"苏米陕栽，东花西开"还将继续，苏陕携手一起奔小康。首尾呼应使结构紧凑，且深化了主题。

文字洗练，篇幅精短。整篇报道用事实说话，文字洗练，行文简洁明快，找不出一句多余的话。篇幅精短，全文约900字，按句子算，共24句，分别为开端部分3小节共7句，"扶志"3小节共4句，"扶智"3小节共6句，"扶资"及结语4小节共7句。

《常州日报》头版头条这样的短通讯，短而精，短而新，短而美。

（原载《现代报业》2020年第3期）

附　录

六载广电缘

2013 年至 2018 年，我被常州广播电视台聘为节目评议员。节目评议重在商讨，提供建设性意见建议。这里略举历年评电视节目所撰稿件的部分篇目，作为本辑附录，具体如下：

2014 年

《常州新闻》：内容整合有序，舆论引导有力。

《常州文化播报》：宜多报常州文化。

《社会写真》：有关提升引导力的建议点评求准，主题求深。

《天天 315》：维权"说法"表达更求精确。

《常州晚高峰》：板块更新出新意，局部还可改进；新闻叙事需求实严谨。

2016 年

《常州老娘舅》：说理注意运用理性语言。

《生活有说法》："说法"鲜活，服务切实。

《大 V 说》：评论应客观、合理。

2017 年

《有请大律师》：讨论、互动，宜更多体现专业性节目特点。

《政风热线》：部分实招未落到实处，观点引导还可加强。

《新闻夜班车》：深度调查内容扎实，叙事有时偏离主题。

2018 年

《微访谈》：内容不同，表达方式变换更生动。

《生活 369》：凸显核心内容的画面进行"热处理"，传播效果会更好。

《经济新壹周》：企业解读主题再深化，特色再强化。

在常州广播电视台 2016
年 9 月 12 日电视节目评议
座谈会议上发言

被聘为常州市报刊审读员

被聘为常州日报社新闻阅评员

被聘为武进区新闻阅评专家

被聘为常州市广播电视台节目评议员

第三辑：纪实珍录

本辑收录发表在书籍报刊上的文章，包括散文、记叙文、人物通讯等，多为怀人或自叙之作。

师魂祭 ^①

常州市散文学会成立十周年庆典留影（三排右二为作者）

又到了送学生毕业的时候。

---

① 注：文中所记教师赵德荣（1936—1985），生前在武进三河口中学、潞城中学等学校任教，曾任横山桥中学教导主任、芙蓉中学校长。

五年前的夏天，送学生参加升学考试的翌日凌晨，急促的敲门声使我一下惊起。我和家人急忙乘汽车赶到在常州城内的医院，他已遽然离世。那年，他49岁。

一个人49岁之后还是能做很多事的，还是能做好很多事的，他却未能；他是把49岁之后的事，努力放到之前去做了。

他得的是癌症。说不准从什么时候起，他发觉颈部淋巴肿胀，且日见厉害，脸色也越来越苍白。其时，他担着一所中学的教导主任，兼教两个高中毕业班的政治课，又做着一个班级的班主任。同事担心，妻子焦虑，几次三番催他歇下来，去做进一步检查。他总说："等送走了这两个毕业班再去吧。"我听说后，理解他的意思，他是总觉得工作走不开，总觉着还能坚持。星期日，他偶尔来我家，见他消瘦的样子，我暗暗吃惊。母亲发觉他鼻子出血，留他暂歇，他却说学生就要参加升学考试了，还有课的，次日一早又赶了七八里路回学校上课。两个毕业班送走了，他的病情诊断结果也出来了：鼻咽癌，双颈转移……

原在病房里总爱说些幽默的话的他沉默了，沉默了足足一整天。想到妻子会在背地里偷偷落泪，之后他便又常说些轻松的话，反过来安慰她。手术做得很顺利。可是清除了颈部深层的淋巴肿块，医生说免不了影响到手的活动功能。他为此焦急，一种强烈的心愿使他在手术后意识不清时竟不住地唤着："手，手……"此后，锻炼手的活动能力便成了他一日数次的必修课。在床上练，在走廊里练，练抬高，练书写的手势。同室的病友有人打趣说："莫非你还想拿粉笔上黑板写字，还嫌没吃够你的粉笔灰？"他黯然一笑，没有作答。后来大妹对我说，当时，也许只有她，作为他的同事和妻子，才能深切地理解他的良苦用心。也许正因为有此期望作为他的精神支柱，手术后的恢复还是较快的。

又回到了学校。难道果真从此就离开岗位了吗？他问自己。在这之前，他已被调回他的老家芙蓉乡任中学校长。回到家乡的怀抱，他心中涌动着一种"叶落当护花"的复杂心绪。一面进行化疗，做气功锻炼，一面盘算着要做的事。

学校内那些高低不平的路，他带领师生自己铺平了；校园外多年未打成的围墙，在他多方求助下，完工了；步履艰难的校办工厂经过整顿，重新起步；生活和工作有难处的教师家属尽可能地设法安排……眼下，他还想做些什么呢？他还能做些什么呢？他的家乡芙蓉乡不只有一个美好的名字，改革开放的春风，使这朵芙蓉花怒放开来了，农村经济的迅猛发展使他感奋不已。因地制宜，办个职业高中班吧，为发展农村生产力助上一臂之力！一个教育改革的大动作酝酿成熟了，他的身躯里注进了新的活力。他再也按捺不住内心的兴奋，终于在休养了一年半之后，征得县教育局领导的同意，正式投入工作。他一心扑在筹建事宜上：请管理部门审批，找单位协办，征用土地，建造校舍，聘请教师……有多少纵向和横向的问题需要解决！他仍是瘦，脸色仍是苍白，精神却振作。同事们仍有一种隐忧，提议减少一些他妻子的课务，以便适当照顾他的身体，他感激地婉谢了。半年多的奔忙，他挺过来了。这所与县教育局合办的电子职业高中班，终于在各方面的支持下，于新校舍落成之前，开学了。

他还是去上课。职高班临时借用的教室在4里路以外，他骑车去了。听说他上课精神很足，嗓音高朗，一点也不像有病的人。20多年前，我第一次从他教室外走过，听他上课的声音也是高朗有力的，如今那声音还像从前一样吗？

又坚持了一年。终于，在职高班开办后的第二年春夏之交的一天，出乎意外地，他发生了胃出血。我和家人急忙去看他。他无力地躺在乡卫生院的病床上，轻轻一笑向我们打招呼。我看他脸色是那样苍白，神态是那样疲倦，体质是那样虚弱，不由百感交集，酸楚难禁。想起他早就对我讲过胃部隐隐作痛，我骤然生出一种预感：也许再也不能在讲堂上听到他的声音了……

救护车载着他远去。我们伫立在乡卫生院门口。我的记忆中忽然浮现起20多年前，他和大妹新婚后，挑着行李走在乡间公路上回学校上班的矫健的身影……20多年来，我似乎一直感到他总是挑着行李在走。我的眼睛模糊起来。啊，那躺在救护车内的、戴着500度近视眼镜的、脸色极度苍白的病弱之躯，这个普通的乡村教书人，何以竟如此顽强不息？一时间，我忽然觉得仿佛连我也不完全了解和理解他了。

5 年很快过去。当年贴在他坟头的一位年长于他的老教师含泪撰写的长篇悼文，早已消失在风雨中。随着岁月的流逝，他也将被淡忘，但总还有人记得他。

几年来，每当清明，总有他过去的学生，有几年前的、十几年前的，甚至 20 年前的，或专程，或顺道，来看慰他的家人，或到墓前默默致哀。自同大妹一道安葬了他的骨灰后，我至今没有再去他的墓地，但对他的怀念时刻在我的心头。我一直想为他写点什么，也同时为所有愿意深切了解我们这个时代的普通教书人的人们，提供一份真实的记录。现在，终于写了这篇小文。是为祭。

（原载《七彩人生·常州散文学会十年散文选》
1996 年 3 月出版）

葡萄熟了

园子里，妻去年移栽来两棵葡萄树。

今岁暑期，新结的葡萄次第熟了，一串串，吊在肥大的绿叶间，先是嫩嫩的、翠翠的、如珠如豆，渐渐地大起来，便显出润玉般的莹洁，煞是喜人！妻一天去看它们好几回。忽一日，她惊喜地喊道："快看，紫了！"指着一串上的一颗，兴奋不已。我撂下手头的事，忙凑前看时，但见那紫色浅浅的，似有若无，又像染着淡淡的粉霜，仿佛满满的浆汁要从内里透出来，可爱极了。接着在另一串也发现了一颗。又是一颗！一时间，连那还没有紫的，都觉着越发沉甸甸的了。妻于是取来粗棉线，和我极小心地一串串系住柄端，在藤上挂好，便更见得满目琳琅。又数一共结了多少串，可是数了几回，也没数出个准来，便不再数。却发现地上掉落两颗半大的，妻极惋惜地捡在手里，轻轻抚着，自然是不能吃的，但断言它们如果熟了定会比买来的甜。

到了八月初，大半整串地成熟起来，有深紫的、浅紫的，也有仍然绿着的，都显出熟迹来。妻更是一天几回地赏观，也总招呼着我。终于想到也该尝尝鲜了，便一人摘一颗大紫的，细心地从柄端摘落处剥开，就着渗出的浆汁，轻轻一吮，果然十分酸甜可口！"自家栽的想吃就摘吧！"妻乐不可支，简直有点陶然的样子。其实她哪里肯当真吃起来！三天五天，我们也就尝这么三两回，每回绝不超过三颗。

这便是乐趣！

更大的乐趣是让亲人们、熟人们也来分享它。还在刚刚结出米粒般大的小球球、豆绿色的小珠珠的时候，妻便开始盘算着给谁吃，送给谁，甚至哪串归谁都在预定、谋划之中。

一个星期天，在城里工作的孩子归来了。欢喜地品尝之后，返城时，妻取出两个大塑料袋，让他一袋带给同事们尝尝，另一袋捎给姨妈。摘了几串分袋子一装，妻迟疑了，觉着太少。我说头一年结，尝个鲜罢了，妻还是觉着拿不出手。正为难间，孩子说，不用愁，到街上买几斤补上。妻说那就不是自家栽的了。我说这倒也不必太拘泥，便去买来，但妻总还是抱憾不已。

过几天，应邀来小住的小侄女儿要回去了，临走，妻剪了几串装在袋里，看看袋子还是瘪嗒嗒的，便如法炮制地补买了几斤。侄女说："来时妈交代的，没有了就不叫带回去。"妻笑道："这不是有嘛！"

左邻右舍也都为葡萄成熟而高兴。有的来观赏，也有的偶尔摘颗尝尝鲜。妻乐滋滋地欢迎他们，乐滋滋地跟他们介绍栽种护养的有趣过程，是某某来相帮喷洒农药治虫，某某来指导修叶整枝，施的基肥又全是某某家的猪灰，就都送了些去。也有因一时考虑不周漏送的，便及时补上。

总之，皆大欢喜。

只是有一天，我和妻一面打扫着葡萄的落叶，一面给葡萄的露根培土的时候，妻忽然又像抱歉又像宽慰地对我说："也难为你，等明年结多了，一定让你吃个惬意！"

"你不是和我一样，也没吃几颗嘛！"

得了我的回答，妻满足地、款款地笑了。

【后记】

本文取材于作者自身的生活，妻是小学教师，对种植葡萄向往已久，一位同事送给她两棵葡萄树，用大筐带土移栽来家，居然成活并且结了不少果实。这种"栽种之乐"使我大受感染，很想写篇文章以记之，但一时又无从写起，直至后来共同感受到了对葡萄的"分享之乐"，才豁然开朗，心有所得，又联想所教散文，于是情动于衷，涉笔成文。此文在一家广播电台的文学园地播出后，便把录音放给学生听，并略谈了些作文体会，因是"现身说法"，学生颇感兴趣。

散文的状物抒情，一要状物准确，二要因物见情。这情应该是至情，有一定的品位。这就要用心感受生活中美好的东西，即心有所得，这样作文，才有意义。

　　状物的准确不只指自然描写，还需渗透着情趣，并与叙事有机结合，这也是本文所追求的。

　　　　　　　　　（原载《教师示范作文精选》1995 年 12 月出版）

在葡萄架下

我的第一"审稿人"

几乎成了习惯，每写完一篇稿子，总要让妻子过过目，征求一下意见。初时，妻淡然笑道："我能提什么意见？"说时，自顾自忙她的锅碗瓢盆交响曲。"说个感觉就行！"妻于是答应试试。久之，妻便成了我的第一"审稿人"。

说来我还真看重她这感觉。每每她慢慢翻看稿子时，我便静心待在一旁，想从她专注的神态上读出点反应来，直到末了听到一声"还可以"，才放心地把稿子送出去。而要是听她说既感觉不出好也感觉不出不好时，就知道原先的自我感觉靠不住，再仔细一琢磨，还真写得"不怎么样"，便搁下来"冷处理"：或是将整篇文章推倒重写，或干脆将之报废。有时遇到难以定夺的地方，譬如某篇文章一时吃不准用哪个标题好些，经她一"感觉"，还真容易做出决断。至于文中的标点疏忽、措辞失当之处，自然逃不过她那看惯学生作文的眼睛。有一回稿子已经发出，她想起其中有个词语用得并不贴切，我觉得有理，便与编辑联系做了订正。编辑说我认真，却不知其中也有那"感觉"的一份功劳。

"审稿人"其实也不止于"审"，有时也助我"策划"，或提供写作材料。庆祝新中国成立50周年之际，某报编辑打来电话，要以"国庆情结"为主题出个专版，嘱我三天内交千字文一篇。情急之下，与之商讨，受其启发，我回忆起学生时代在省城参加国庆活动的美好经历，遂作《难忘焰火》一文，得以及时交稿。前年《新民晚报》"夜光杯·灯花"征文，我的一篇《"压倒优势"之忧》获奖，文中议论的"由头"所用之材料，便得于她平时的见闻。

也许是耳濡目染的缘故吧，我们那正在读小学二年级的小孙子对审阅我的文章竟也发生了兴趣。前不久，我写了篇短文，正议论间，孩子主动介入，说他刚才看了放在桌上的作文（不认识的字便跳过去），问他可有意见要提，他歪着小脑瓜做思考状，道："结尾最后一句，我觉得不够贴切！"

看来，我的第一"审稿人"又增加了一位。这使我多了一份欣喜。

（原载《武进日报》2000年4月21日）

妻徐瑞云在小学上课时留影

相伴到永远

79 岁的陆汉春老师每当提起 5 年前患中风的情形，总会情不自禁地说："多亏了我家俞老师的悉心照料。"今年 78 岁的俞益梓老师一想到长期以来陆老师助她战胜癌症和意外伤痛的情形，同样也抑制不住内心的感激。

这对教师夫妇相伴已有 60 个春秋。当年因日寇入侵，俞老师从常州投奔乡下亲戚，与时任小学校长的陆老师结为伉俪。60 年来，他们患难与共，苦乐同享，情深意笃，始终不渝。无论是 20 世纪 50 年代初俞老师被评为县第一届先进教师，还是后来陆老师到中学任教，事业上的志同道合、相互砥砺，常常勾起他们美好的回忆。如今，与疾病顽强斗争中的相互呵护关爱，更使这对老年夫妇品尝到了挚情的可贵。

在 20 多年前，俞老师患上了胃部恶性二级腺瘤，手术后回镇上家中疗养。当时陆老师在离家 10 多里外的学校住校上班，早晚都要坐班办公。为使工作和照料病人兼顾，便把俞老师接到学校住宿，只在周末相伴回家。尽管经济不宽裕，谈不上增加多少营养，但陆老师想方设法让她适当调理，精心安排起居活动，还常常为她排遣思想顾虑。如此持续三年之后，俞老师病体得以渐渐康复，终于彻底战胜了病魔。

人们常说老人最大的福气是人寿体健，但实际上总难免有些病痛。退休后一向感觉健康的陆老师，在75岁那年不幸患了脑缺氧半边中风，住院半月后回到家中，行动不利，小便失禁。这时，俞老师以她特有的耐心，细心护理，同时继续延医治疗。终于据民间验方觅得一种草药，陆老师服用一周，小便居然恢复正常。为恢复陆老师的肢体功能，俞老师更是不厌其烦地帮助他反复训练。如今陆老师身体安康，没有落下大的后遗症。岂料不幸的事接踵而至。前年，俞老师跌了一跤，股骨开裂，伤势甚重，护理的重担又落到了陆老师身上。他一面耐心宽慰，一面时常为她的腿脚进行按摩，以转移她对伤痛的注意，并使之保持血脉通畅。去年教师节，市和镇的退教协会为他们庆贺金婚，俞老师高兴地坐着轮椅参加了活动。今年教师节前后，俞老师身体已基本康复，行走连拐杖也不必用了。熟知这对教师夫妇的人都深深地为他们祝福，愿他们相伴到永远。

（原载《*武进日报*》2000年10月6日）

闪光的记忆

——1949 年 4 月 23 日

"跟上"

一夜枪炮声渐趋稀落，天还没有大亮，我便迫不及待来到街上。

"来了，来了！"人们低声地相互传告，眼神里露出我从未见过的兴奋的光。晨曦中，有人沿着街东的舜河，向北，向江边的方向迎去……

天大亮的时候，大部队来了。浩浩荡荡的步兵，一个个头戴柳条伪装，肩扛长枪，胸前交叉扎着子弹带和干粮袋；威武雄壮的马队，驮着沉重的弹药箱，驮着叫不出名的钢炮。裹着绑腿的脚板，大步流星地踩着街上的石板路，战马的铁蹄，像鼓点擂响。

满脸汗水，一身征尘。人不歇气，马不停蹄。千军万马，万马千军！

它来自大江的北面，它正在向南飞速挺进。

前面传来了命令："跟上！"

跟上！跟上！命令一声接一声向后传去；

跟上！跟上！步伐一声接一声向前推进……

跟上！我和伙伴也忘情地跟在他们的旁边，如醉如痴，似癫若狂！

古老的街镇沸腾了！古老的家乡新生了！小街，你不也觉得光荣？家乡，你不也感到自豪？

多少年过去了。当我想起雄伟的长城、奔腾的大江，当我神往着向泰山十八盘登攀……这铁的洪流便常会在我的眼前重现，耳畔也总会响起那号角般的一声：跟上！

生韭菜·糙米饭

中午，部队开饭了。我们去看吃饭——多可笑的举动。就在对门的茶馆里，大约是一个班吧。

这是怎样的一顿中饭？我们想象着，小声议论着这些从大江那边来的"兵"们。

取出装在缀有五角星的布套里的一只只洋瓷碗，盛满切细的生韭菜和盐拌的糙米饭！我们的眼睛瞪大了——不，我们不能相信自己的眼睛！我飞快地回去报告母亲。母亲端出了两大碗我们准备自己吃的青菜烧豆腐，和一个普通母亲的心。

可是，还没有等母亲把碗放下，这些"兵"们，便已整装离开了茶馆。带去的是母亲的心意，留下的是一张张和气的笑脸和一声声亲切的话语："谢谢老乡！"

——呵，这就是家乡解放的第一天，这就是当时一个少年第一次接触到的，并且也将永远铭刻于心的关于人民子弟兵的记忆！

（原载《常州日报》1984 年 4 月 25 日）

当"小先生"

新中国成立那年，我在老家镇上的中学读初中。有一天，老师对我说，旧社会农民不识字，是很苦的。现在，他们在政治上解放了，文化上也要翻身，学校决定开办农民识字夜校，要我和另一位女同学担任"小先生"，并要我上第一堂课。那时的我们不论参加什么社会工作热情都很高，就不自量力地答应了。

记得那时还没有识字课本。开课那天晚上，我一到校，只见小礼堂里一改平日喧闹的景象，虽早已坐满了人，都是附近的农民，其中也有我认识的年长者，却静得连汽油灯发出的"吃吃"的声音都听得很清楚；前面临时架起一块大黑板，黑板中央是老师事先写好的两个斗大的粉笔字：读书。我鼓起勇气，走到讲台前，照着点名簿点过名之后，心里沉着多了，便开讲起来。我先指着黑板上的字讲道："这就是我们常说的'读书'两个字。"然后叫大家看着并跟我读了两遍，接着又把老师跟我讲的"农民文化上也要翻身"的话讲了讲。也许是大家认真听讲的样子激励了我，讲"读"字的写法时，我不慌不忙地先把笔画跟大家数了数，一共是21笔（繁体），"不用怕，把字拆开来认就容易多了"。我分析道，这个字左边是个"言"，右边是个"卖"，"卖"又由"士""四""贝"三个字合成。如此慢慢地边认边写，那些平时从未拿过笔的手终于第一次写出字来。下课的时候，我才觉着自己的额头上已冒出汗来。过后，老师用肯定的语气对我说："教'读'字，你这是用了'拆字法'，教一个字又带认了四个字。"这很是鼓励了我一番。

后来，有了识字课本，我又继续上了些课，可惜课本没有教完，我就毕业离校了。

（原载《武进日报》2001 年 9 月 21 日）

学校小礼堂正门

感悟世纪之交

　　两次世界大战是 20 世纪人类遭受的最大劫难。二战时期日寇在家乡的暴行给我的童年蒙上了浓重的阴影，在幼小的心灵上烙下了过于沉重的伤痛。一次次的逃难，一回回的惊吓，暗夜里随大人们睡田埂、钻芋棵丛。邻家青年女子遭鬼子凌辱后痛不欲生的悲愤，童年伙伴与母亲在兵荒马乱中离散的辛酸……尤使我触目惊心的是 1941 年农历年初九鬼子纵火烧毁家乡街镇的惨状。一昼夜之间，全镇数百间房屋化作灰烬。祖母也因痛失家舍忧思成疾，不久便离开人世。从此，那漫天大火、乡亲们不绝的哀恸，便作为一种世纪苦难的印记，永远留在了记忆深处，并且随着年岁的增长，不断使我产生新的感悟。

　　过了几年，抗战胜利。我有机会远离家乡到杭州，记得是一个星期天，我在西湖边一家影院看到蔡楚生、郑君里导演的影片《一江春水向东流》。影院里挤满了人，开映不久，便有人哽咽，继而抽泣，直至全场大放悲声。我感觉整个西子湖都在哭泣。后来我意识到，那不只是看电影，还是我们历尽苦难的同胞在痛不欲生后的一场反思。它使我懂得，是外部的侵略加上内部的腐败酿成了空前的民族浩劫。

经过严冬，倍感春晖的温暖。终于，在20世纪中叶的伟大时刻，我们民族的历史掀开了全新的一页！然而后半世纪的历史进程也告诉我们，在世界总趋势走向缓和的同时，并不十分安宁。当我从报道中看到有人居然为了赚钱兜售"皇军帽"以招徕游客，有人异想天开以"希特勒"命名大酒店之类的咄咄怪事时，便不能不想到一个严峻的问题，当年的侵略国的国民需要正视历史，而曾经遭受侵略的人们更不能忘了历史的耻辱。

历史的劫难不能重演。21世纪的世界应该是和平发展的世界。这既是对现实必要的认同，也是对20世纪历史反思的感悟。

（原载《武进日报》2000年1月11日）

为"字"经得千般累

提起被称为"中国第一字痴"的65岁的退休工程师李延良，我深有感慨：十多年来，为纠正社会上用字差错，宣传文字规范化，他付出了常人难以想象的辛劳。如果这是他的本职工作，或是组织上布置的任务，也许早就够格评先进模范人物了吧。可是这份差使完全是他"自找"的，所以他得到的最高评价也就一个"痴"字，而且这一评价在有些人心目中也未必是褒义的。

我认识李先生是多年前在常州市语言学会的一次年会上，那时他刚刚骑自行车北上进行了"文字质量万里行"，含霜的双鬓和额头上的皱纹间，似还留有仆仆风尘。朴实中含着坚毅，是他在第一次见面中留给我的深刻印象。也就在那次会上，他痛陈经济往来和生活中，因无视文字使用规范而招致不良后果的许多事实。他指出，用字的"脏乱差"几成公害，实在有损社会文明。强烈的责任感使他把提高社会用字质量当作自己的神圣使命。他说他自愿如此，吃苦受累，在所不辞。就在那次行程中，由于长途跋涉、日晒雨淋、劳累过度，他在一个城市的闹市口昏倒。有人听说他是宣传文字规范的，感到莫名其妙，因此，他不止一次地遭人奚落或被拒之门外。然而，这一切都没有动摇他坚定的信念。1992 年和 1993 年，他又先后南下北上两次骑车进行"文字宣传万里行"，历经 20 多个省市。

1995 年夏，我们又在市语言学会的年会上见面，那年他 61 岁，比我第一次见到时似乎苍老了不少，但一说到文字规范化工作，他依然朴实中含着坚毅。不几天，便得到他与他的好友、徐州彭城大学退休教师杨洪清副教授，在常州开展第二次文字规范化宣传月活动的消息。这回，他们准备了 50 个对开版面的宣传材料，陈列在文化宫广场，几乎每天都要接待上千名观众。他们向人们热情宣传国家的语言政策，提供规范化文字的资料和咨询服务，其间，还走街串巷，扫除广告、标牌上的文字垃圾。之后，他又移师上海继续进行宣传。这类街头宣传、纠错活动，他几乎每年都要约志同道合者举行一两次。

有一件事或许最能说明李延良纠正社会用字差错的顶真和执着。1995 年 6 月，《解放日报》《文汇报》《新民晚报》和《咬文嚼字》杂志联合举办了"报刊编校质量有奖竞查"活动。一向以守护文字规范为己任的李延良自然积极参与，他以国家有关语言文字法规为依据，夜以继日，孜孜不倦，反复核查，寄去了查出的 300 多处差错。后由于同"三报一刊"公布认定的差错数量悬殊，以及在认定差错的标准上有严重分歧，他在专程赴沪与有关方面理论无果后，与杨洪清联名诉诸法院，用法律武器为规范文字讨个"说法"。在一审败诉之后，今年 5 月 13 日，我从报上得知，这起耗时 20 个月的"咬文嚼字"官司，李延良再次败诉。隔日，他带了有关的材料给我看，我看他仍然抑制不住内心的激动。分别时，我送他，他推着那辆破旧的自行车，默默地走着。望着这位为"字"这般痴心的老人，骤然间，有一股近乎悲壮的情绪向我的心头袭来。

令人高兴的是，对于李延良的"痴"，许多人给予了衷心的赞誉，对他的事业给予了热情的支持。曾任国家副主席的荣毅仁同志看了李延良的呼吁重视文字规范化工作的信件后，专门委托有关单位回函，告诫语言工作者应为维护汉语文字的纯洁健康做努力。他第一次进行"文字质量万里行"就引起了国家语委及首都新闻界的重视，《人民日报》《光明日报》等媒体纷纷作了报道，称他是"为维护祖国语言文字纯洁奋斗不息的勇士"。1996 年初，中央电视台《东方时空》栏目介绍了李延良的事迹。著名学者余秋雨给他去信，感谢他对其所著《文化苦旅》一书中的一些文字差错进行的纠正，并尊他为"一字师"，对他辛勤负责的工作表示敬意。今年 8 月，余秋雨新著《山居笔记》出版前夕，上海文汇出版社一位副总编受余秋雨之托，专程把四校后的书稿送到李延良家中，请他校对把关。

"字字句句字痴字句求真，痴痴迷迷字痴痴心不移。"想起李延良名片上的这个联句，不由得想到《后汉书·虞诩传》中的一句话："志不求易，事不避难。"我觉得这句话正好可以用来概括李延良的"痴"的丰富内涵。我祝愿李延良的"痴心"永远不老！

（原载《常州日报》2000 年 9 月 21 日）

（注：写作此文时，得到常州市语言学会原副会长、常州工学院中文系主任莫彭龄老师的热情鼓励。）

文字"啄木鸟"与
"签名售书"的故事

"签名售书"作为文商结合的一种独特的活动方式，常常会吸引众多的读者，形成一道堪称热闹的风景。在常州，从1995年算起，由常州、武进两家新华书店举办的此项活动，便不下二十起，参与其事的读者自然不可胜数。不过，这里要说的，乃是一位平时从不喜欢凑热闹但几乎每次"签名售书"活动都到场的花甲老人。他怀着与众多读者同样虔诚的心，挤进熙熙攘攘的人群，却不是为了一睹名人风采，也不为求得可供珍藏的名人墨宝，而是为了专"捉"书中的文字差错。

这位不避可能被讥刺为"不速之客"的老人，就是曾经三次骑自行车进行"文字质量万里行"、数十次走上街头开展文字规范化宣传活动并为纠正出版物的文字差错写过上千封信函的"痴心"于语言文字净化工作三十余年不辍的常州飞天齿轮厂退休工程师李延良。李延良每次都认真地预先写好"校勘"的书面材料，封成信函，静候适当时刻，郑重地向作者奉上。"这是常州的文字'啄木鸟'"，书店的负责人便也总是忙中插话，带着不乏幽默的口吻，向作者如是介绍。文字"啄木鸟"与签名售书的作者们就此演绎了一个个有趣的故事。

　　故事开始于1995年10月著名学者余秋雨为所著《文化苦旅》举行的签名售书活动。那天，李延良揣着准备好的信，在售书大厅要求签名的人群中等候着，趁着记者采访的间隙，他挤上前去，三言两语说明来意，同时把信递过去。余先生当即要启封，李延良礼貌地说："请带回去看吧。"说完便退了出去。余秋雨回上海后，由于工作繁忙，此信一压数月。直到1996年1月23日，他从中央电视台《东方时空》中看到"字痴李延良"的专题报道，这才连忙从成堆的信中找出李延良的信。余秋雨仔细阅读后当天就给李延良回了信。余秋雨在信中真诚地感谢李延良指出《文化苦旅》书中出现的文字差错，并尊他为"一字师"，对他"认真负责地守卫着祖国语言文字的纯洁"的行为表示敬意。1998年8月，余秋雨新作《山居笔记》在出版前，文汇出版社一位副总编受余秋雨之托，带着四校后的书稿，专程到常州李延良家中，请他校勘。书很快出版了，在该书的版权页上，还印着"特约校对李延良"的字样，这使李延良更加意识到此项工作的意义。

　　当然，李延良懂得，毕竟是签名售书活动，自己充当

"挑刺"的角色，弄不好难免"煞风景"，所以每次都倍加小心谨慎。好在遇到的作者或编者大多豁达大度，很容易沟通。1997年5月18日，笑星姜昆在《笑面人生》的签售会上给读者签名。李延良在记者招待会结束时，恳切地提出书中发现了一些的文字差错。姜昆当即坦诚承认，还在李延良请他签名的书上特意写上"学习您一丝不苟的精神"并拉着李延良合影留念，一连拍了三张照片。1997年9月21日，王铁成为《我演周恩来》一书举行签售会，这位认为出书是十分严肃的事的著名演员，对李延良的纠错意见也是爽快地予以"笑纳"，并合拍了两张相片。相片后来还在"常州纪念周恩来百年诞辰墨宝图片藏品展"上展出。在杨澜的《凭海临风》、倪萍的《日子》、程前的《本色》以及敬一丹的《声音》等书的签售活动中，作者们都以与李延良合影的方式，对他为追求书籍出版的完美和促进文字规范化做的努力，表示感谢。赵忠祥在收到李延良寄来的《岁月随想》的校对材料后，随即请上海人民出版社某编辑给他回信，感谢他的热情和负责。

1998年9月，李延良偶然读到著名作家张抗抗新出版的随笔集《山野现代舞》。在该书的《常州花絮》一文中，竟有800多字专写1996年签名售书时遇到李延良的情形和感受。文章动情地写道："那天的签名售书结束后，晚上我回到宾馆便认真读他的信。一本《牡丹的拒绝》、一本《情爱画廊》，他都将其中的错别字一一挑出，列在纸上，我逐一校对，果然几乎凡错都逃不过他的眼睛。虽然如今已有'无错不成书'一说，那太多的瑕疵仍然令我汗颜。尽管有很多属于排字的错误，但也有许多，是我原本的疏漏或是无知。我虽然写了几百万字的作品，但许多汉字的正确用法，我还尚未掌握。""心里充满了感激之情。还有敬佩和惭愧……遗憾未能当面向他表示诚挚的谢意，只能在这里向李先生公开致谢了。"

张抗抗的坦诚与自谦，使李延良深深感动。

在签名售书活动中，与几位责编的接触，也使李延良难以忘怀。就在 1996 年 9 月，程前带着他的新书《本色》应邀到常州参加活动，随行的责编是作家出版社的罗静文。这位热情爽直、谈吐幽默的年轻女编辑也许是出于职业的敏感，面对这位如此认真执着、尽心尽力地做着文字"啄木鸟"工作的老人，竟如老朋友相见似的与其谈得十分投缘。她想起了李延良前年曾为他们出版社审读通校了《李嘉诚传》《曾宪梓传》，当晚即在随身携带的一本 300 多页的书稿上，写上"责任校对李延良"，托付他校对。

同样使李延良感奋不已的是，今年大年初一（2 月 16 日），他在家里接到了著名作家刘墉从美国打来的电话，刘墉借向他祝贺新春之机，感谢在去年 11 月自己到常州举办讲座和签名售书时他为自己写信对其作品挑错指正，并对李延良过硬的校对技术和认真的精神表示钦佩。刘墉还告诉李延良，托其转交给台湾杂文家李敖的同类信函已经带到，另一封给学者董桥的信也一定会找机会转达。

　　"如果你们一百位作家能配上我这个查错专业户，让我给你们再增加一双特别的眼睛，我深信我定将为你们扫除忧患……"这是张抗抗在上述随笔集里提到的李延良对她说的话。李延良表示，他一定会在有生之年，全力以赴，把文字规范化工作，这个自己毕生追求的事业，进行到底。

（原载《常州工人》杂志 1999 年第 8 期）

1998 年 11 月李延良与刘墉（右）在常州市少年宫合影

老年大学抒感（二题）

歌声　笑声　掌声
——记声乐教师沈建秋

透着帅气，嗓音洪亮，自然地微笑着，随和，这是第一次听课时，沈建秋老师留给我的印象。有学员告诉我，沈老师以前是市歌舞团有名的男高音。

沈老师上课很上"板眼"。每节课开始必先"三练"——练气息，练打开口腔，练声。随着老师的口令、琴声，大教室里全体"银发族"一本正经地练，很开心。"干吗板着脸，笑点。"老师语带幽默，更添了一份轻快。

沈老师的钢琴弹得极富感情，每教一首新歌，"前奏"声起，大家都会情不自禁地随之投入，曲谱也就学得较快。学唱歌先要读好歌词，不是一般地念，而是有情感地朗诵。沈老师很重视这个环节，于是领着大家齐声朗诵，抑扬顿挫，还真出感情。有咬字不准的，尤其是翘舌音、平舌音容易混淆的学员，沈老师都一一正音，一丝不苟。

跟沈老师学唱歌，最大的乐趣是轻松、自然，在不知不觉中得到了提高。他强调，歌声要动听，掌握发声方法、贯通气息是关键。他不孤立地宣讲乐理知识，而是从实际出发，结合练唱，灵活点拨，细心引导，让大家从中体会发声共鸣的原理、气息的运用。练唱中，哪里发声方法不对，音量控制不当，气息没有收住，哪里唱的自由调，都逃不过他的耳朵。他常用对比的方法示范、纠错，加上带有幽默感的话语，课堂气氛活跃，不时发出愉快的笑声。教学中，他不仅纠错，也重视引导大家欣赏，在领会整首歌曲的基础上，特地拎出部分乐句，用他特有的用语赞道："听，这句绝对漂亮！"于是大家边唱边仔细品味那优美的旋律。

学员们主动上讲台试唱，是学习中格外活跃的环节。或单人，或组合，一批紧接一批，鼓励的掌声经久不息。有一位八十高龄的学员常积极主动上台独唱，沈老师边弹琴边与他同唱，一曲唱罢，全场掌声特别响亮。

学期结束时，全班在三楼大会堂举行汇报演出。二十多个节目，独唱、对唱、小组唱，还有边舞边唱，男高音、女高音、女中音……各显其长，精彩纷呈。最后在全班热烈的掌声中，沈老师男高音独唱。汇报演出生动地展现了沈老师良好的教学效果，大家也仿佛回到了青春时光。

（原载《常州老年大学学刊》2013 年春季）

学期结束时全班汇报演出合影，后排左 3 为作者

歌唱我们快乐的二胡班
——班长嘱写一首班歌，盛情难却，遂作顺口溜数行，博老同学们一乐

龙城内，运河畔，

常州老年大学是乐园。

夕阳红，情烂漫，

歌唱我们快乐的二胡班。

回想当初刚进班，

堪笑琴盲，不识调丝弦。

老师琴艺精湛把手教，

同学相互切磋勤苦练，

用功千遍不嫌多，

乐曲悠扬流指尖。

犹记得，课余观光去旅游，

弦歌飞扬尽欢颜。

更难忘，金秋艺术节，

师生登台同表演，

一曲《良宵》寄胸臆，

白发童心又少年。

龙城内，运河畔，

常州老年大学是乐园。

夕阳红，情烂漫，

歌唱我们快乐的二胡班。

（原载《常州老年大学报》2016 年 12 月）

古镇群贤　学界流芳

——焦溪人物谱

　　古镇焦溪历来以兴学闻名，从元末朱元璋之师焦丙先生算起，代有德劭饱学之士，设塾馆，办书院，兴学堂，广有影响。有些尤与常州有着不解之缘。这里据有关资料，略述数家，以见是乡师风之盛。

　　焦丙，原籍江阴虞门，熟读诗书，不慕功名，来往于江淮之间，设塾教书为业。元末至正年间，在淮阴皇觉寺设馆，时朱元璋到皇觉寺落发为僧，师从焦丙，共处数载。1368 年，朱元璋称帝，后忆及故人焦丙，下诏赐其金、玉、角三带，授"千户"。未久，焦丙不愿受官场拘束，"乃挂带而去"，重归故里。焦丙来到距虞门之南数里的舜过山下舜河岸边，筑舍设塾讲学，是处人称"焦塾"。焦丙声望很高，求学者不绝于途，据传，后人误"塾"为"垫"，又因"垫"与"店"同音，"焦店"因此得名，后人们为以水克火，故改称"焦溪"。

焦丙去世后，葬于焦溪东街宝善桥北，其墓称焦先生墓，新中国成立后曾重修其墓。

是仲明，名镜，号成斋，清代经学家。25岁时，师事澄江主持"光复会"的杨太素先生，常随师定期参加"光复会""复七会""躬行会"等活动，向师友请教，学问愈加精进，其父去世后葬于舜山，仲明庐墓守孝。澄江卞景纯慕名率子求学，仲明遂于庐墓之东构筑舜山学所，又名舜山书院。学所规模宏大，环境清幽。仲明毕生在此讲学传道，深受远近学者推许。他晚年声名日高，与当时之著名学者方苞、戴震、袁枚均有书信来往，探求学术。现今的焦溪中学，前身为仲明中学，即仲明后人、焦溪旅沪工商界人士是贻永等人为关心家乡教育事业，也为纪念仲明先生所创办。

徐洁怀，清光绪九年（1883）生，从小随父（清末秀才）读书，后考入苏州高等学堂。求学时，受"戊戌变法"影响，赞成维新运动，认为家乡当务之急是兴办学校。毕业后回焦溪，即与奚云帆、徐一山等创办竞仁学堂（焦溪小学前身）。又与承远轩等在焦溪设立"去毒会"，开展禁毒运动，转变社会风气。1915年，受聘任常州冠英小学（觅渡桥小学前身）教务主任；次年，任芳晖女子小学（武进县立第二女子小学，俗称女西校）校长。由于办学有方，学生由200余人逐年增加，竟达1 000余人。1918年4月，赴日本参观教育、市政。1925年，徐洁怀发起创办芳晖女子中学。徐洁怀任芳晖女子中小学校长二十余年，廉洁奉公，潜心创业，为常武地区的女子教育做出了贡献。后来任芳晖女中校长的又有毕业于苏州丝绸大学的焦溪的承福章先生。

吴镛，字卓铭，出生于焦溪小村庄的一个农民家庭，清末秀才，辛亥革命后，仍然孜孜读史穷经。后向清末进士钱名山先生问业，深得器重。他钦佩名山为人，甚至言行举止亦步亦趋。名山头上盘着发鬏，不愿与世俗苟合，卓铭仿照盘发，还特制一顶管状高帽，以示高洁。民国以来，卓铭一直设馆授徒，他教学严谨，在澄武一带很有名望；抗战前，还先后在苏州、常州做过家塾。抗战期间，卓铭受党领导的抗日民主运动感召，及当时党在澄西地区负责人张志强、俞逎章等的直接影响，坚定了跟党走的信念，做了不少有益于乡里和革命的事情。1952 年，卓铭任焦溪初级中学副校长。1956 年，被选为武进县政协常委兼副主席。卓铭能诗善文，书法极工，著有《白玉诗草》八卷和《青旸文集》五卷。

前贤师表在，代有才人出。钟灵毓秀的焦溪古镇在"科教兴镇"的旗帜下，必将以全新的风貌，为新世纪的时代文明灿然增色。

（原载《常州日报》1998 年 10 月 13 日）

清朝经学家是仲明先生塑像

（注：焦溪初级中学，原为私立仲明中学，系焦溪旅沪工商界人士是贻永等集资创办，以纪念是氏先祖仲明先生，塑像在校园内。）

咸安桥畔旧时月

　　我在焦溪咸安桥畔长大，如今，焦溪古镇正在联合十一个江南古镇共同申遗，由此勾起我对咸安桥畔往昔岁月的记忆。

　　焦溪老街多桥，沿河由东向西数起，有青龙桥、咸安桥（俗称猪行桥）、中市桥、三元桥等四座桥。按说，还有宝善桥、小菜桥、万兴桥、文星桥，今已不存。

　　那时，焦溪的地理位置有点特殊，桥北面主街道称上塘，属武进县，桥南为下塘，属江阴县。咸安桥北堍位于上塘东街。我家店面在桥东边，仅隔两间门面，踏上门前石板街路，不几步，便到桥脚下；我家住房在中街进士厅内，离桥也只七八间门面，一年到头天天与桥相见。与邻居小伙伴点着手指数桥的石阶，桥北坡十七阶，桥南坡十六阶。桥面南北向铺着七大条花岗岩石板，其中两条为护栏。大热天，我有时喜欢脱下鞋子光脚在桥面上来回走，脚底下有点烫，感觉真舒服。拉开后门，河就在脚下，可以用吊桶直接打水，水桶拎上来，淡黄色的水喝到嘴里有淡淡的甜味。顺着缓缓西流的河水看去，长方形的单孔石板桥洞就在眼前。水流较急时，可看到河水带着水草将进桥洞边时，会忽然打起漩涡急速向前流去。

咸安桥下的水从街东头向北通长江的舜河流来，舜河又东接江阴，南连无锡。从咸安桥一眼能看到的中市桥的附近有快船码头，在这儿乘船可直达常州青山桥。我后来外出求学就是从这里出发。

便利的交通养育着焦溪的街市。那时，焦溪是常州北门外的商贸重镇。街面上各行各业，商铺林立。咸安桥周边，酒店就有三家，除我家的佑丰酒号，紧靠桥东西两边的是徐家和程家两店，生意各有常客，我家的常客多数来自东乡的孟岸塘、新桥头，父亲说这是从祖父起就形成的。此外，还有南货店、锦货店、粮店、中药店、饭店、摇面店。我家对面是六十子麻糕店、望梅轩茶店、糖坊店，还有现今有点名气的、上了常州新闻的年洪羊汤，早年该店主的父亲开的赵阿顺羊汤店就在斜对面。

焦溪街上的早市真热闹，尤其是每月逢"二"的"落上"，街上的人络绎不绝。我在店里看到，街上后面人的脚尖触碰到前面人的脚后跟，人流慢慢移动，有的人被挤得把所带的篮子举过头顶。这时的咸安桥，连着上塘、下塘的桥周围，便成了"超级市场"。在下塘，桥脚边、街路旁、桥码头西边沿河大片空地上，摆满各色各类农用家什和生活用具：锄头、钉耙、镰刀、铁铲、竹篮、盘篮、连枷、扁担、八仙台、长凳、竹凳、梳妆台，还有锅盆碗筷，坛坛罐罐，琳琅满目，吸引着四方的顾客。

特别使我难忘的是上塘桥下的猪市。俗传咸安桥又称猪行桥，我少时见到的主要是买卖小猪（苗猪），这里是焦溪"二花脸"苗猪最早的交易市场。村民来购买苗猪，俗称"捉小猪"。小猪耳朵长且大，毛淡黑色，当时并不知道"二花脸"的大名，后来听大人说起，是由于猪脸上的花纹像京剧脸谱中的"二花脸"而得名。猪市就在我家旁边，我喜欢人嚷猪叫的热闹。桥面上、桥下、街边的大桥弄口，拥挤地摆着装小猪的苗篮、箩筐或盘篮，被稻草绳系住脚的小猪不安生地躺着。买客俯下身子，抓住小猪的大耳朵拎起来细看细抚，讨价还价，交易敲定后便宝贝似的把小猪捧进自家带来的家什里，挑着或背着兴冲冲地离去。

相传焦溪"二花脸"猪种原是舜山脚下一代代养猪人对野猪进行驯化和培育而成的。这种"二花脸"猪肉很好吃，有"一家烧肉十家香"的说法。尤其是用"二花脸"猪肉来做的糟扣肉，是过年时筵席上的上品。至今还记得上小学三年级时，在西街西园我们祠堂过冬至节办筵席（俗称"吃祠堂"），吃糟扣肉众筷齐上，大家赞不绝口的欢快情景。如今焦溪"二花脸"扣肉已成为特色菜肴，广受赞誉，焦溪"二花脸"作为太湖猪种的佼佼者被农业部列入中国地方猪遗传资源保护名录。焦溪猪行桥的猪行已经消失，但猪行桥依然横跨在上下塘街河上，给我留下的种种美好记忆不曾磨灭。

四通八达的焦溪街河里，东来西往的行船从咸安桥下经过，有运送各种生产资料和生活用品的货船，有从苏北过来用夹网打鱼的蓬蓬船，还有夏天傍晚前，来自芙蓉的沿河叫卖鲜活鱼虾的大小网船，而我印象最深刻的是蒲包船和蒲船。

做蒲包是焦溪农家在养猪之外的另一重要副业，随便到哪个村都可听到做蒲包的"噔噔"的撲蒲声，我小学同学是农户家庭的家里多数做蒲包。做蒲包起早贪黑，很辛苦，做好后打成捆，或背或挑上街到蒲包行卖蒲包，有的卖掉后随即买一捆蒲掮着（俗称"掮龙梢"）回家再做。焦溪街是蒲包集散地，沿河有好几家大小蒲包行，通过河运将蒲包销到常州、江阴、无锡，远的到上海、浙江等地。船上的蒲包层层叠叠堆得很高，勉强能过桥。有一次见一船蒲包从西向东来到咸安桥洞口，船头过了桥洞，船身却被紧紧卡住，折腾多时，无法松动。后来还是找来几个帮手，跳上船去分两边侧身抵着蒲包，双脚用力牮着两边桥石，才得以慢慢行出洞口。

少时的记忆里，咸安桥、河、码头、街有着别样的风景。冬天过后，街河里的水渐渐暖了，离我家东边不远处，上下塘沿码头人家，便将养的鸭和鹅赶到河里放养。三三两两的鸭和鹅欢快地向咸安桥游过来，有时鸭将到桥洞边时会扑棱着翅膀露出水面嘎嘎叫着，好像在跟桥洞打招呼，鹅昂起曲颈高叫几声，听起来声音格外响亮。傍晚临近，它们成群从码头各自摇摇摆摆上岸。有时还听到养鸭的主户"鸭哩哩"呵叫的声音。

伏天里，码头到桥这段河面是天然游泳场。我就是扒着码头石阶学会的"狗刨式"游泳。那时，大多数人游泳都是这种姿势，头抬起，双手在水里划动，双腿在水里"扑通扑通"用力打水。记得一个大热天，来游泳的人逐渐多起来，大家从码头游向桥洞，兴致越来越高，有的边游边嬉闹，故意用力打水，一时间满河水花乱溅，"扑通"之声不绝于耳。有的人还从桥边码头绕到桥栏杆上跳水。游的人和观看的人都兴奋不已，非常开心。

七月三十日，这天有"走三桥，放荷灯"的习俗。我迅速吃过晚饭，和几个小伙伴从咸安桥出发，经下塘万兴桥、中市桥，再经南街小菜桥回来，其实走了四座桥一路很高兴。天色暗下来，跟母亲到东码头放荷灯，荷灯用黄钱纸和锡箔做成，中间放一小段蜡烛点上火，再用稻草挽成结垫底。我把荷灯小心地放到河面，母亲念了句"保佑全家平平安安"，我们就站着看自家的和别家的荷灯，在明明暗暗的水面上慢慢向咸安桥漂去。

八月的中秋是早就盼望的节日。白天，吃母亲烧的糖芋头、腻头，晚上吃油酥饼。月光从沿河的窗口照进来，我拉开后门。天上一轮圆月，满河月光水色，河水静静地向咸安桥流去，桥洞、桥栏杆，还有我自己大半溶在月色里。这画面永远定格在我的脑海里。

（原载《常州日报》——文笔塔 往事钩沉 2022 年 9 月 11 日）

与年轻的莫林葆老师在一起

焦溪街古桥一

焦溪街古桥二

焦溪街古桥三

焦溪街古桥四

念老家·图片

——家，亲人，老屋

图 1

与父母亲及弟妹们合影

图 2

与妻、儿三口小家

图 3

与妻留影

图 4

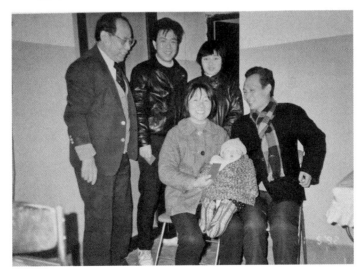

舅父张云祥先生（左）泰国回乡于老屋欢聚，三口小家已成五口

后　记

　　最初提到出版本书的，是文友晏飞（何宜昌）。晏飞出过《晏飞杂文选》《夜航偶拾》等著作，有丰富的写作和编书经验。本书得以面世，首先要感谢他的热忱鼓励和指导。朱海涛、姚建中热情相助、有求即应，在此也一并致谢。

　　本书的出版特别要感谢常州市新华书店副总经理李伟先生、史明霞女士、韩昊先生的鼎力相助。成书过程中，稿件的打印、编排及安排出版等种种事项，全都有赖三位，他们耗费了许多业余时间和精力。他们的热情、诚恳，令我十分感动，我向三位表示衷心的感谢和深深的敬意！

　　常州日报社原副总编辑陈弼先生为本书题词，书法家叶鹏飞先生为书名题签，我对两位深表感谢！

　　我还要感谢我的同事姚沛兴和莫林葆老师，在成书过程中，我不时联系他们，得到两位不少好的建议和帮助。

本书的出版也得到了我的儿子建伟等所有家人的支持。

2021 年 10 月 12 日